Carlos Heitor Cony

Aladim e a Lâmpada Maravilhosa

ILUSTRAÇÕES
Vinicius de Moraes Pereira

20ª edição

EDITORA
NOVA
FRONTEIRA

PROJETO GRÁFICO: Graça Lima / ASSISTENTE: Raquel Vasconcelos
DIAGRAMAÇÃO: Letra e Imagem
REVISÃO: Malu Resende e Eni Valentim

CIP-BRASIL. Catalogação na fonte
Sindicato Nacional dos Editores de Livros, RJ

C784a Cony, Carlos Heitor, 1926-
Aladim e a lâmpada maravilhosa / texto de Carlos Heitor Cony; ilustrações de Vinicius de Moraes Pereira. - 20ª ed. - Rio de Janeiro: Nova Fronteira, 2013.
il.

Adaptação de um conto das Mil e uma noites
ISBN 978-85-209-2413-6

1. Literatura infantojuvenil. I. Pereira, Vinicius de Moraes. II. Título. III. Título: Mil e uma noites.

CDD 028.5
CDU 087.5

EDITORA NOVA FRONTEIRA PARTICIPAÇÕES S.A.
Rua Nova Jerusalém, 345 – Bonsucesso
Rio de Janeiro – RJ – CEP 21402-235
Tel: (21) 3882-8200

Sumário

O menino vadio

Na capital de um reino muito rico e distante, vivia um alfaiate chamado Mustafá. Tinha mulher e um filho. Cortava pano e costurava dia e noite para o sustento da casa. Sua mulher ajudava-o fiando algodão. Mas ganhavam apenas o suficiente para não morrer de fome.

Como estivessem sempre ocupados, não lhes sobrava tempo para educar o filho, que se chamava Aladim. O menino, que já não tinha um temperamento dos melhores, foi crescendo ignorante e travesso. Teimoso e desobediente, Aladim não ouvia conselhos de ninguém. Passava os dias vadiando pelas ruas, com outros moleques das redondezas. Quando completou 15 anos, Mustafá chamou-o e disse:

— Você está na idade de aprender um ofício. A única coisa que posso ensinar-lhe é a ser um bom alfaiate. De hoje em diante será o meu auxiliar.

Mustafá começou a instruí-lo na arte do corte e da costura. Mas Aladim não demonstrou a menor boa vontade para aprender. Era desatento, malcriado e odiava ficar na alfaiataria, que considerava uma prisão. Foi inutilmente que o pai procurou, com toda a paciência, interessá-lo no trabalho. Aladim nem ouvia as instruções e cometia erros que resultavam em prejuízo para o pai, que já lutava com tanto sacrifício. Sempre que podia, escapava de casa e ia se reunir aos companheiros de vadiagem. Mustafá repreendia-o e castigava-o. Mas o menino não se emendava. Ao menor descuido do pai ou da mãe, fugia para a rua, desafiando todas as ameaças de punição. E tanto vadiou e desobedeceu que o pai, vendo que o filho estava se transformando num vagabundo irrecuperável, adoeceu de desgosto. Pouco tempo depois, Mustafá morria, deixando a família na miséria.

Nem assim o menino tomou jeito. Continuou vadiando pelas ruas e andando em péssimas companhias. Só aparecia em casa para comer e dormir. Sua mãe redobrou o trabalho para sustentar ambos. Mas Aladim não só deixava de fazer qualquer coisa para ajudá-la, como não tinha por ela o menor respeito.

Um dia, quando Aladim estava reunido na praça com seus companheiros, um estrangeiro parou a meia distância deles e ficou a observá-los. Depois, fixou a atenção em Aladim. "Este menino tem cara de esperto e audacioso", pensou o desconhecido. "Talvez seja ele quem procuro para executar os meus planos." Dirigiu-se então a algumas pessoas próximas e perguntou quem era aquele menino, como se chamava, o que fazia, quem era a sua família. Na cidade, todos conheciam o filho de Mustafá — o garoto era famoso pela sua vagabundagem — e não foi difícil obter as informações que desejava. O estranho pareceu ficar satisfeito com o que ouvira. "Um vadio me servirá muito bem", murmurou, sorrindo com certa maldade. Aproximou-se de Aladim e perguntou-lhe com simpatia:

— Diga-me, rapazinho, por acaso não é filho de Mustafá, o alfaiate?

— Sim, senhor — respondeu Aladim. — Mas meu pai já morreu.

— Morreu? Desgraçado que sou! Não esperava tão triste notícia. — E o homem abraçou-se a Aladim, fingindo soluçar inconsolavelmente.

— Quem é o senhor? Por que chora? Conhecia meu pai? — perguntou Aladim, espantado.

— Ah! Desculpe, meu rapaz, não posso conter as lágrimas. Não imagina a dor que as suas palavras me causam. Sou seu tio, meu rapaz. Seu pai, o bom e honrado Mustafá, era meu único irmão.

— Meu tio? Nunca ouvi falar que meu pai tivesse um irmão — estranhou Aladim.

— É que sempre estive viajando. E agora que retorno a casa, recebo este terrível golpe. Pobre Mustafá! E pobre de mim, que nunca mais poderei revê-lo. — E o desconhecido escondeu o rosto entre as mãos para melhor fingir que chorava. — Meu único consolo é ter encontrado você, meu sobrinho. Não me enganei quando reconheci em você os traços do meu saudoso irmão. Como se chama? Mora com sua mãe, não é? Ah, pobre viúva! Onde estão morando? Seu pai deixou alguma coisa para vocês?

Confuso, Aladim ia respondendo a todas as perguntas do desconhecido que se apresentava como seu tio. Por fim, o homem deu-lhe uma moeda de ouro e disse:

— Meu filho, vá até a sua casa e conte o nosso encontro à sua mãe. Diga-lhe que amanhã irei visitá-la. Quero conhecer a casa onde meu honrado irmão viveu e levar a minha amizade e as minhas condolências. Com esta moeda, compre frutas para ela e guarde o troco para você.

Dito isso, o desconhecido tornou a abraçar Aladim e se afastou. Aladim correu para casa com a moeda apertada na mão, morrendo de felicidade. Jamais vira tanto dinheiro em sua vida pois, preguiçoso como era, nunca fazia coisa alguma para ganhar um simples trocado. O que tinha na mão era, para ele, uma verdadeira fortuna. Entrou pela porta da sua casa como um raio e foi direto à mãe.

— Mãe, você sabia que eu tinha um tio? — perguntou.

— Tio? De que está falando? Você nunca teve tio, nem pelo meu lado, nem pelo lado do seu pai.

— Pois está enganada — tornou Aladim. — Acabo de encontrar um irmão do meu pai na rua. Ele me reconheceu pelos meus traços e veio me abraçar. Não imagina como chorou ao saber que o pai havia morrido!

A viúva estranhou a história que o filho contava e procurou inteirar-se dos detalhes. Aladim narrou então tudo o que se passara e, ao final, ela própria estava em dúvida.

— De fato, seu pai teve um irmão — disse, pensativa. — Mas falou que tinha morrido no estrangeiro, há muitos e muitos anos.

— É ele, é ele, mãe! — exclamou Aladim. — Não morreu, não, está de volta. Que proveito poderia ele tirar passando como nosso parente? Meu pai nada nos deixou. Somos pobres. E ele, ao contrário, parece ser muito rico, pois me deu esta moeda de ouro.

Ao dizer isso, mostrou à mãe a moeda que ganhara do suposto tio.

— Não sei, não, mas não estou gostando nada disso — comentou a desconfiada mulher. — Então ele vem nos visitar amanhã?

— Sim.

— Então aguardemos até amanhã para tirar essa história a limpo. Talvez Deus tenha se apiedado da minha sorte e mandado alguém em meu socorro.

O falso tio

No dia seguinte, como de costume, Aladim foi vadiar pelas ruas. Estava brincando com seus companheiros quando dele se aproximou novamente o falso tio. Abraçou-o como na véspera e, pondo-lhe na mão duas moedas de ouro, disse:

— Meu filho, avise à sua mãe que hoje à noite irei visitá-los. Entregue-lhe estas duas moedas para que ela compre o necessário para a ceia. Vá.

Mais que depressa Aladim foi levar o recado e o dinheiro para a sua mãe. Esta, apesar de desconfiada, saiu imediatamente para comprar o necessário a uma boa ceia. Como não tinha talheres nem louça fina, pediu-os emprestados aos vizinhos. E passou o resto do dia preparando salgados e doces para receber o misterioso cunhado. Ao fim da tarde, tudo estava pronto. Chegada a noite, impaciente e nervosa pela espera, disse a Aladim:

— Meu filho, talvez seu tio tenha esquecido o nosso endereço. Vá até a praça para ver se o encontra por lá e volte com ele.

O rapaz já ia saindo para fazer o que a mãe pedia, curioso também de apurar aquela história, quando alguém bateu à porta. Foi abrir e era a visita esperada. O suposto parente estava bem-vestido, trazia garrafas de bom vinho e frutas caras.

— Peço desculpas, caro sobrinho — disse ele, entrando. — Demorei comprando alguma coisa para melhor festejarmos o encontro da família.

Colocou o que trazia sobre a mesa, inclinou-se diante da mulher e disse:

— Minha senhora, estou emocionado por conhecer a viúva do meu querido irmão.

— Estávamos à sua espera, senhor. Sente-se.

O homem lançou o olhar sobre a mesa e perguntou:

— Em que lugar se sentava meu irmão?

A mulher apontou a cabeceira da mesa. O estranho colocou-se diante da cadeira que lhe era mostrada, exclamando:

— Oh, meu irmão! Como sou infeliz por não poder abraçá-lo outra vez! Beijo o lugar onde se sentava em vida.

Por mais que a viúva insistisse, não concordou em sentar-se na cadeira do irmão.

— Não, de maneira nenhuma — retrucou. — Esse lugar para mim é sagrado. Mas permita que eu me sente defronte dele. Quero rever com os olhos do coração aquele que nunca mais poderei ver realmente.

A mãe de Aladim, comovida, não insistiu mais. Os três se sentaram em volta da mesa para a ceia, e o visitante apressou-se a explicar por que nunca se conheceram:

— Minha boa cunhada, não se admire de nunca ter me visto ou sabido notícias minhas desde que se casou com meu irmão. Faz hoje exatamente quarenta anos que saí daqui. Viajei pela Índia, Pérsia, Arábia, Síria e pelo Egito, e nos últimos anos estava fixado na África. Finalmente, como é natural em todas as pessoas ao atingirem certa idade, desejei rever minha terra e meu bom irmão, antes que as forças de todo me abandonassem. Daí a minha dor ao saber, quando cheguei, da morte de Mustafá, que aqui deixara jovem e cheio de saúde. Reconheci imediatamente os traços dele no seu filho, Aladim, que é o retrato vivo do meu irmão na época em que o vi pela última vez. Meu único consolo é poder olhá-lo.

Diante daquela explicação, que provocou lágrimas em seus olhos, a mãe de Aladim ficou convencida. Somente um irmão saudoso poderia se comportar como aquele desconhecido. Tudo o que ele dizia parecia absolutamente sincero.

Ao notar que as coisas até ali corriam bem, o estranho procurou demonstrar interesse pela vida do sobrinho.

— E então, Aladim, o que faz você? Tem alguma ocupação?

O rapaz ficou perturbado. Baixou a vista, sem saber o que responder. Foi sua mãe que, com ar de desgosto, explicou:

— Infelizmente, caro cunhado, Aladim não tem ocupação. É um vagabundo. Seu pai tudo fez para que aprendesse algum ofício, mas em vão. Apesar de todos os meus conselhos, nada faz a não ser ficar o dia todo na rua e em más companhias. Esquece que não é mais uma criança. Sabe que o pai nada nos deixou, e, embora me veja trabalhando dia e noite, não me ajuda em coisa alguma.

— Mau, mau, meu sobrinho — disse o homem. — Você precisa pensar em ganhar a vida. Daqui a pouco será homem feito e não pode continuar assim. Não gostaria de ser rico um dia?

— Sim — respondeu timidamente Aladim.

— E então? Precisa escolher uma profissão qualquer. Todo homem sente inclinação por algum ofício. Seu pai era alfaiate, mas você pode escolher outra coisa. O que gostaria de ser?

Aladim não respondeu.

— Diga-me francamente. O que você quiser ser, eu o ajudarei. Gostaria de ser mercador?

Os olhos do rapaz brilharam. Ser comerciante era o seu sonho, pois via na cidade que as lojas de tecidos eram limpas e bem frequentadas, que os mercadores andavam sempre bem-vestidos e eram respeitados por todos.

— Como posso ser mercador se não tenho dinheiro para começar? — perguntou.

— Com isso não se preocupe — disse o falso tio. — Se quer ser mercador, amanhã mesmo comprarei roupas para você e depois de amanhã procurarei uma loja para nela se instalar. Será um dos maiores comerciantes da cidade.

— Santo Deus! — exclamou a mãe de Aladim. — Não está brincando com a gente, irmão?

— Falo sério. Se Aladim quer ser mercador, será mercador. E se tiver mesmo vocação para o comércio, em pouco tempo poderão ficar ricos.

A mãe aconselhou o filho a se mostrar digno da ajuda que o tio lhe dava, e a ceia transcorreu em ambiente alegre. Finda a refeição, o falso tio despediu-se e se retirou.

O mágico

Como havia prometido, logo na manhã seguinte o falso tio voltou à casa da viúva de Mustafá e levou Aladim até a loja de um rico mercador.

— Traga as melhores roupas que sirvam para este rapaz — pediu ao vendedor.

Foram apresentados finos trajes completos, que iam desde os sapatos até o turbante.

— Escolha o que mais lhe agradar — disse o desconhecido a Aladim.

Contentíssimo, o rapaz escolheu. Ali mesmo desfez-se dos antigos trapos e vestiu os novos trajes. Estava agora com outra aparência. O falso tio olhou-o com orgulho fingido e pagou sem discutir o preço.

— Muito lhe agradeço a sua bondade, tio — disse o rapaz.

— Não tem que me agradecer. Faço isto com a maior alegria, em memória do meu amado irmão. De agora em diante está sob a minha proteção.

O falso tio parecia realmente decidido a transformar o vadio Aladim num próspero negociante. Para isso, levou-o para visitar as grandes lojas e os lugares frequentados pelos mais importantes mercadores da cidade, justificando:

— Como muito em breve será um deles, é bom que os conheça desde já.

Visitaram também mesquitas e hospedarias. Foram ao palácio real e percorreram os aposentos franqueados ao público. Finalmente, após o longo passeio, chegaram à hospedaria onde estava alojado o falso tio. Convidado a almoçar, Aladim sentou-se, muito orgulhoso, entre numerosos mercadores estrangeiros ali hospedados. Depois do almoço, quis despedir-se do tio, mas este fez questão de acompanhá-lo até em casa. A mãe de Aladim, ao ver o filho tão bem trajado, ficou radiante e abençoou mil vezes o suposto cunhado.

— Bondoso parente, não sei como lhe agradecer. Aladim não merece o que está fazendo por ele. Confio em Deus, entretanto, que de agora em diante será outro menino e se mostrará digno da sua generosidade.

E, voltando-se para Aladim, continuou:

— Meu filho, não vá decepcionar o seu tio. Ele foi uma bênção que nos caiu do céu. Siga todos os seus conselhos e faça tudo o que ele mandar.

— Não se preocupe, cunhada — disse o estrangeiro. — Aladim é um bom rapaz e está se portando muito bem. Só me aborrece uma coisa: não posso fazer amanhã o que lhe prometi. Como sexta-feira é um dia sagrado, as lojas não abrirão, e será impossível alugar uma delas. Portanto, deixaremos isto para sábado. Tirarei o feriado de amanhã para passear com Aladim pelos arredores da cidade. Assim se despedirá do ócio e começará com ânimo a vida nova.

Aladim levantou-se cedo na manhã seguinte para estar pronto logo que o tio fosse buscá-lo. Impaciente, foi esperá-lo na porta da rua. Mal o avistou, despediu-se da mãe e correu ao seu encontro. Foi recebido com carinho.

— Venha, meu caro sobrinho, você vai conhecer hoje os mais belos recantos desta cidade.

E o estrangeiro percorreu com Aladim diversos jardins de palácios, entrando depois pelos bosques que circundavam a cidade.

— Que lugar bonito! — ia exclamando Aladim a cada novo recanto que conhecia. — Jamais imaginei que houvesse tanta coisa para ser vista na minha própria cidade.

— É que perdia seu tempo na praça, em más companhias — respondeu o falso tio. — Está vendo que existem diversões muito melhores, como esses passeios.

— Tem razão, meu tio. Reconheço que até hoje fui um tolo.

A certa altura da caminhada, o estrangeiro resolveu parar ao lado de um tanque que recebia água límpida da boca de um leão de bronze. Fingindo-se cansado, disse:

— Descansemos um pouco. Não tem fome?

— Oh, muita! — respondeu o rapaz.

O desconhecido tirou da faixa que lhe envolvia a cintura bolos, doces e frutas e colocou-os sobre a borda do tanque. Se Aladim tivesse prestado atenção aos seus gestos, teria visto que aquela merenda era obra de magia. Mas feliz e distraído como estava não observou o fato.

— Coma — disse o falso tio. — Não faça cerimônia. Precisamos de alimento para continuar o passeio.

Aladim comeu e achou tudo delicioso, embora o gosto lhe parecesse diferente.

Levantaram-se e continuaram a caminhar, afastando-se cada vez mais da cidade e dirigindo-se para as montanhas. Aladim, que nunca andara tanto na vida, acabou se cansando:

— Meu tio, para onde vamos agora? Deixamos para trás os bosques e os jardins e só vejo montanhas. Confesso que, se prosseguirmos, não sei se terei forças para voltar.

— Quer então deixar de ver o lugar mais bonito de todos? — perguntou o desconhecido. — Ânimo, meu sobrinho, não é longe. Verá como não ficará arrependido.

Aladim deixou-se levar, e o falso tio foi lhe contando histórias interessantes para distraí-lo do cansaço.

Chegaram, então, a um estreito vale entre duas montanhas de pouca altura e quase iguais. Era o lugar para onde, desde o início, o estrangeiro pretendera levar Aladim, a fim de executar o seu plano.

— Não iremos mais longe, Aladim. Agora, prepare-se para ver a maravilha que nenhum mortal jamais teve a oportunidade de conhecer.

O rapaz olhou à sua volta e nada viu que merecesse a sua curiosidade. Entretanto, pressentiu que algo de estranho estava para acontecer.

— Reúna alguns gravetos — disse o falso tio. — Vou acender uma fogueira.

Sem fazer perguntas, Aladim obedeceu. Juntou boa quantidade de galhos secos, a que o tio ateou fogo. O rapaz seguia os seus gestos sem compreender. Que pretendia fazer com aquele fogo?

Quando as chamas subiram, o desconhecido tirou do bolso um vidrinho e despejou algumas gotas do conteúdo na fogueira. Imediatamente elevou-se no ar espessa fumaça. Ao mesmo tempo, o homem pronunciou palavras misteriosas, cujo sentido Aladim não entendeu. De repente, a terra estremeceu e abriu-se, pondo a descoberto uma enorme pedra com uma argola de bronze no meio. Apavorado, Aladim tratou de fugir, julgando tratar-se de um terremoto. Mas foi alcançado pelo falso tio que, encolerizado, deu-lhe uma forte bofetada que o atirou ao chão. Com o rosto ardendo, e mais assustado ainda, o rapaz indagou:

— Mas, meu tio, que fiz eu para me bater assim?

— Tenho motivos para assim proceder. Deve obedecer-me cegamente, se quiser merecer o que reservei para você. Venha.

Mais tranquilo, Aladim voltou com ele para perto do fogo.

— Vê esta pedra? Pois embaixo dela oculta-se um fabuloso tesouro. Eu, porém, não tenho o poder de levantá-la. Só você pode fazer isso. Proceda então da maneira como vou explicar e nós dois seremos mais ricos do que qualquer soberano.

O tesouro escondido

Aladim ficou assombrado: um tesouro escondido! Era essa então a razão pela qual o tio o havia levado ali. Sem saber se acreditava ou não, mas entusiasmado com a perspectiva de ficar rico, prometeu:

— Meu tio, diga-me o que devo fazer. Estou pronto para obedecer-lhe em tudo.

— Alegro-me com a sua compreensão — respondeu-lhe o homem. — Então vamos lá. Pegue esta argola e levante a pedra.

Aladim olhou a pedra. Parecia ter uma tonelada de peso.

— Não tenho força bastante para isso, meu tio. Só se me ajudar.

— Não, não posso ajudá-lo. Juntos não conseguiríamos movê-la. Mas você sozinho pode. Pronuncie o nome do seu pai e do seu avô ao segurar a argola, e verá que erguerá a pedra sem qualquer esforço. — Aladim assim fez. E, de fato, levantou a pedra como se ela fosse de papelão.

No buraco viu uma escadinha que dava para um subterrâneo. O falso tio continuou:

— Agora desça pelo buraco. Quando chegar ao fim da escada, verá uma porta aberta, pela qual irá ter a um recinto abobadado, dividido em três grandes salas. Em cada uma delas verá, à direita e à esquerda, quatro vasos de bronze cheios de ouro e prata. Não toque neles.

— Que faço então? — perguntou Aladim.

— Passe da primeira à segunda sala, e da segunda à terceira, sem parar. Evite cuidadosamente aproximar-se das paredes. Se tocar numa delas, nem que seja apenas com a roupa, morrerá. No fundo da terceira sala há uma porta que o levará a um esplêndido jardim, repleto de árvores carregadas de frutos que você nunca viu. Cruze este jardim e atingirá uma escada de cinquenta degraus. Suba por ela e chegará a um terraço no qual, sobre um nicho, repousa uma lâmpada acesa. Pegue esta lâmpada, apague a chama, jogue fora o pavio e o líquido e traga-a para mim. Na volta, encha os bolsos e estas sacolas com as frutas do jardim, que podem se colhidas ao alcance da mão. Recorda-se de tudo o que eu disse?

— Sim, meu tio — respondeu Aladim. — Pode ficar tranquilo que não me esquecerei de nada.

— Muito bem, você é um rapaz inteligente. — O estrangeiro tirou do dedo um anel e o colocou num dos dedos de Aladim. — Em todo o caso, este anel o protegerá de males desconhecidos. Agora vá, meu sobrinho, desça. A fortuna está à nossa espera.

Aladim desceu a escada e atravessou as três salas, não esquecendo de observar com atenção as precauções que lhe foram recomendadas. Cruzou o jardim, subiu ao terraço, pegou a lâmpada acesa, atirou fora o pavio e o líquido e guardou-a dentro da roupa. Depois, empreendeu o caminho de volta. No meio do jardim, parou e olhou ao redor. Realmente, nunca vira um jardim tão bonito na sua vida. Parecia encantado. De todos os lados havia árvores carregadas de frutas de todas as cores, cujo peso as fazia penderem até o chão. Se Aladim não fosse ignorante, veria logo que as brancas eram pérolas; as transparentes, diamantes; as vermelhas, rubis; as verdes, esmeraldas; as azuis, turquesas; as roxas, ametistas, e assim por diante, todas de tamanho e perfeição incomparáveis. No entanto, desconhecendo seu verdadeiro valor, não lhes deu a atenção que teria dado se fossem figos, uvas ou outras frutas que conhecia. Tratou apenas de fazer como lhe tinha sido mandado. Colheu grande quantidade daquelas frutas, com as quais encheu os bolsos e as duas sacolas que o tio lhe havia dado.

Assim carregado, sem saber que transportava incalculável fortuna, atravessou novamente as três salas, subiu a escada e chegou à entrada, onde o aguardava o falso tio. Como a borda do buraco era um pouco alta, Aladim pediu:

— Meu tio, ajude-me a subir.

— Entregue-me primeiro a lâmpada e eu o ajudarei.

— A lâmpada está presa à minha cintura, meu tio, não se preocupe. Quando subir, eu a entregarei ao senhor.

— Não, entregue-me primeiro a lâmpada — insistiu o homem.

Alguma coisa, como um raio de luz, cruzou o espírito de Aladim e ele pressentiu que, se entregasse antes a lâmpada, estaria perdido. Negou-se, portanto, a obedecer, teimando que fosse alçado primeiro. O estrangeiro insistiu e insistiu, mas vendo que apelos, promessas e ameaças eram inúteis, acabou perdendo a paciência. Furioso, lançou ao fogo algumas gotas do líquido que trazia no vidrinho e pronunciou as palavras mágicas. Imediatamente a pedra voltou ao seu lugar e a terra a cobriu outra vez.

O homem que se apresentara como irmão de Mustafá, o alfaiate, e tio de Aladim era, na verdade, um africano. Por ser a África a região do mundo onde a magia tinha feito mais progresso, a ela se dedicara desde a mocidade. Após quase quarenta anos de estudos, descobrira a existência de uma lâmpada maravilhosa que o tornaria o homem mais rico e poderoso do mundo, se dela conseguisse se apossar. Através da geomancia,[1] ficara sabendo em que país se encontrava a lâmpada, bem como a descrição completa do lugar onde estava escondida e a maneira de ter acesso a ele. Mas havia um detalhe: não podia entrar no subterrâneo e apoderar-se pessoalmente da lâmpada. Tinha de utilizar-se de uma outra pessoa. Escolhera Aladim porque lhe parecera suficientemente esperto para fazer tudo como devia ser feito e, ao mesmo tempo, suficientemente ingênuo para ser ludibriado com facilidade. Tão logo se apoderasse da lâmpada e da fortuna que o rapaz trazia com ele, pretendia pronunciar as palavras mágicas sobre o fogo ainda aceso, sacrificando o infeliz à sua cobiça e deixando-o para sempre preso no subterrâneo.

Por azar ou precipitação, entretanto, as coisas não saíram como esperava. Ao ver que Aladim lhe faltava com a obediência no momento decisivo, não hesitou em liquidá-lo. Um dia voltaria para fazer nova tentativa, servindo-se de outro rapazinho esperto e ingênuo. Por hora, achou que o melhor era voltar para a África, até que o desaparecimento de Aladim e a história do falso tio estivessem esquecidos. E foi o que fez no mesmo dia, enveredando por atalhos, a fim de não passar pela cidade. Tinha como certo que o rapaz estava perdido e que nunca mais se ouviria falar nele. Mas, no seu desespero, esqueceu-se de que havia colocado no dedo de Aladim o anel cujos poderes iriam salvá-lo.

Aladim, que não esperava tão negro castigo do suposto tio, depois de receber dele tantas provas de generosidade, demorou um pouco para compreender que estava sepultado vivo. Julgou inicialmente tratar-se de outro acesso de cólera do estranho homem, mas que logo ele abriria de novo o buraco. Chamou-o repetidas vezes, sem obter resposta. Mergulhado nas trevas, esperou longo tempo, em vão. Só então compreendeu de fato a sua situação. Além do mais, lembrou-se de que o mágico, segundo suas próprias palavras, não podia levantar a laje, ainda que assim o desejasse.

1 Adivinhação que se faz lançando terra ou pó sobre uma mesa e observando as figuras assim formuladas. (N. do E.)

Ao perceber que estava perdido, Aladim sentou-se na escada e pôs-se a chorar. Quando não tinha mais lágrimas para derramar, achou que o melhor era procurar a luz do jardim, onde talvez encontraria uma outra saída. Com essa intenção, desceu cuidadosamente a escada. Mas no fim desta, em lugar de encontrar a porta aberta, bateu com a cabeça numa compacta parede. Ansiosamente tateou à direita e à esquerda, mas não encontrou nem vestígio da porta. Então, desesperou-se ainda mais. Gritou por socorro até se cansar. Depois, sentou-se nos degraus da escada, certo de que nunca mais veria a luz do sol e que passaria direto daquelas trevas para as trevas da morte.

Dois dias permaneceu ali enclausurado, sem comer nem beber. Durante esse tempo, arrependeu-se mil vezes da sua vadiagem e do desgosto que dera ao pai e à mãe, julgando ser aquilo um castigo divino. No terceiro dia, vendo que a morte estava próxima, uniu as mãos em prece e disse: "Meu Deus, entrego-me a Vós, que sois a única força e o único poder".

Ao juntar as mãos, sem querer esfregou o anel que o mágico lhe dera, e cujos poderes desconhecia. Imediatamente um gênio de tamanho enorme e aspecto impressionante apareceu de pé diante dele, e dirigiu-lhe estas palavras:

— Que desejais? Aqui estou pronto para obedecer-vos em tudo, como vosso escravo e de todos os possuidores deste anel.

Aladim, que nunca tinha visto gênios, achou que já era o delírio que chegava. Assombrado, perguntou:

— Quem é o senhor?

— Vosso escravo, meu amo. Eu e todos os meus companheiros. Ordenai e vossa ordem será imediatamente cumprida.

Aladim sentiu que as esperanças lhe voltavam.

— Posso pedir qualquer coisa? — perguntou, ainda incrédulo.

— Qualquer coisa que desejardes, meu amo, e sereis logo atendido.

— Se tem poder para tanto, tire-me depressa deste buraco. É a única coisa que quero.

Mal tinha acabado de pedir, a terra se abriu por encanto e Aladim se viu fora do subterrâneo, no mesmo lugar a que chegara com o mágico.

A lâmpada maravilhosa

Sem ter visto a luz do dia por tão longo tempo, Aladim, a princípio, ficou ofuscado. Pouco a pouco foi se habituando à claridade e, olhando em volta, admirou-se de não ver no chão nenhuma abertura, nem o mais leve vestígio de terra revolvida. Não podia compreender de que maneira conseguira sair lá de dentro. Cuidou de voltar para a cidade o mais depressa possível, agradecendo a Deus por estar de novo no mundo. Quando chegou em casa já era quase noite; estava exausto e faminto. Sua mãe, que já o chorava como perdido ou morto, desconfiando que o suposto irmão de seu falecido marido tinha qualquer coisa a ver com isso, abraçou-o chorando de alegria.

— Que foi que lhe aconteceu? Por onde andava? — perguntou ela.

— Minha mãe, contarei tudo, mas antes quero alguma coisa para comer. Há três dias que não como absolutamente nada.

A mãe trouxe-lhe o que tinha na cozinha.

— Não tenha pressa, coma devagar. Terá tempo de sobra para me contar o que aconteceu. O importante é que voltou à sua casa.

Depois de matar a fome, Aladim começou:

— Minha mãe, razão tinha a senhora quando desconfiou de um indivíduo que, a esta hora, está tão certo da minha morte que nada teme. Como pude acreditar que ele fosse meu tio? Pois aquele estranho não passa de um impostor e de um assassino. Tudo o que queria era se servir de mim e depois matar-me.

— Matá-lo? Meu Deus! Conte tudo o que houve.

Aladim narrou a sua aventura desde a hora em que saíra com o falso tio a passeio, até a intervenção do gênio do anel, que o salvou de morrer preso no subterrâneo. A mãe ouviu espantada e indignada.

— Então era um mágico?

— Sim, mãe. Veio cá em busca desta lâmpada que, segundo disse, o tornaria o homem mais rico e poderoso do mundo. Sabia até o lugar onde estava e como entrar nele. Sem nunca ter visto o subterrâneo, descreveu tudo o que havia lá dentro e explicou-me passo a passo como eu deveria fazer para chegar até a lâmpada.

— Bem que o instinto me avisava! Os mágicos, meu filho, são seres amaldiçoados, pois mantêm contato com os demônios. Devemos agradecer a Deus por não ter permitido que a maldade desse homem tivesse efeito contra você.

Além da lâmpada, Aladim mostrou à mãe os vidros coloridos que, a pedido do mágico, havia colhido do jardim subterrâneo. Como ela também não conhecia pedras preciosas, não lhes deu valor. Disse que os vidros eram muito bonitos e que serviriam para dar um pouco de vida à casa, como objetos de decoração.

Ao notar que o filho estava exausto e sonolento, a mãe mandou que se deitasse e tentasse esquecer aquele triste acontecimento. Aladim dormiu a noite inteira e acordou, no dia seguinte, muito tarde. Levantou-se e disse à mãe que estava novamente com fome.

— Ai de nós, meu filho, não tenho sequer um pedaço de pão para lhe dar. Ontem você comeu tudo o que nos restava. Mas tenha paciência. Vou sair e ver se vendo o algodão que fiei para conseguir um pouco de dinheiro.

— Guarde o seu trabalho para outra oportunidade e dê-me a lâmpada que eu trouxe — disse Aladim. — Com o dinheiro que me derem por ela, teremos pelo menos com que almoçar e jantar hoje.

A mãe foi buscar a lâmpada.

— Aqui está — disse ao filho. — Mas está muito suja, assim não darão quase nada por ela. Vamos limpá-la primeiro.

Trouxe água e areia. Mas apenas começou a esfregar a lâmpada, desprendeu-se dela uma fumaça azulada que se transformou num gigantesco gênio.

— Que desejais? — perguntou o gênio com voz de trovão. — Aqui estou pronto para obedecer-vos em tudo, como vosso escravo e de todos os possuidores desta lâmpada.

Diante de tão assombrosa visão, a mãe de Aladim perdeu a voz e caiu desmaiada. Mas o rapaz, que já vira outro gênio semelhante no subterrâneo, não se assustou tanto desta vez. Mais do que depressa, agarrou a lâmpada, substituindo a mãe, e por ela respondeu:

— Temos fome, traga-nos o que comer.

O gênio desapareceu e reapareceu num abrir e fechar de olhos carregando uma enorme bandeja de prata. Nela havia doze pratos do mesmo metal, nos quais fumegavam deliciosas iguarias e seis grandes pães. Na outra mão, o gênio trazia duas garrafas de excelente vinho e duas taças também de prata. Depois de colocar tudo aquilo na mesa, desapareceu.

Aladim procurou reanimar a mãe, passando-lhe um pano molhado na testa. Pouco a pouco ela foi voltando a si.

— A fraqueza deve estar me causando alucinações — explicou ela. — Era capaz de jurar que vi um gigantesco fantasma falando comigo.

— Está tudo bem, minha mãe — disse Aladim, para acalmá-la. — Levante-se e vamos comer. Temos comida quente e bastante à nossa espera.

A mulher encheu-se de espanto ao ver a grande bandeja, os doze pratos, os seis pães, as duas garrafas de vinho, as duas taças, e ao sentir o apetitoso cheiro de assados.

— Meu filho, de onde veio tudo isso? A quem devemos tão grande generosidade? Terá o sultão tomado conhecimento da nossa miséria e se apiedado de nós?

— Sentemos e comamos primeiro — disse Aladim. — Não deixemos esfriar. Depois eu lhe contarei tudo.

Enquanto comiam, não se cansavam de admirar a bandeja, os pratos e as taças, embora não soubessem distinguir a prata do alumínio: admiravam a novidade, e não o seu valor. Depois de saciados, ainda lhes sobrou o suficiente para o jantar e mais duas fartas refeições no dia seguinte. Sentaram-se então no banco de madeira no canto da sala, e Aladim satisfez a curiosidade da mãe, impaciente por saber a origem daquele maravilhoso almoço.

— Quer dizer que não foi alucinação minha?

— Não, minha mãe, era de fato um gênio.

— Mas, Aladim, que história é essa de gênios? Nunca em minha vida ouvi falar de alguém que tivesse visto um, e você em dois dias viu dois. Foi o mesmo que lhe apareceu debaixo da terra?

— Não, é outro. Eles se assemelham na estatura gigantesca, mas são diferentes nas feições e nas vestes. Lembre-se de que aquele que me apareceu no subterrâneo apresentou--se como escravo do anel, e este que a senhora viu disse que era escravo da lâmpada.

— E por que se dirigiu a mim e não a você?

— Parece que basta esfregar o anel ou a lâmpada para que eles venham e ofereçam seus serviços a quem estiver, no momento, de posse do objeto.

— Meu filho, agora estou percebendo por que o mágico queria tanto esta lâmpada. É obra do demônio, Aladim. Vamos vendê-la. Não quero mais ver estes monstros na minha frente. São demônios que vêm nos tentar. Acredite em mim e desfaça-se também desse maldito anel.

— Mas, minha mãe — replicou Aladim —, por que vender uma coisa que de agora em diante poderá ser utilíssima? Não viu o que a lâmpada acabou de nos dar? Não nos faltará mais o que comer. Quando sentirmos fome, é só chamar o gênio.

— Não faça isso, Aladim. Jure que não vai fazer. Tenho muito medo.

Aladim procurou tranquilizá-la.

— Não foi sem motivo que meu falso tio empreendeu tão longa viagem para se apoderar desta lâmpada e preferiu-a a todos os vasos cheios de ouro que havia nas salas do subterrâneo. Sabia muito bem o valor deste objeto. O acaso nos levou a descobrir os poderes da lâmpada; façamos dela proveitoso uso.

— E os vizinhos? O que vão dizer os vizinhos?

— Recorreremos ao auxílio do gênio sem espalhafato, para que eles não descubram e fiquem com inveja. Quanto ao anel, também não há mal nenhum em que eu o use no dedo. Lembre-se de que foi ele que me salvou a vida. Quem sabe um dia poderei me encontrar novamente em situação de perigo?

Por julgar sensatas as palavras do filho, a mãe concordou e limitou-se a dizer:

— Está bem, faça como quiser, mas tenha cuidado. Eu, da minha parte, não quero ver mais gênio nenhum e desmaiar de susto.

— Prometo só chamá-lo em caso de necessidade e quando a senhora não estiver presente.

Assim ficou combinado e não se falou mais no assunto.

A mina de prata

Com o que sobrou do banquete trazido pelo gênio, Aladim e sua mãe passaram aquele dia e o seguinte sem se preocuparem com comida. Mas, na manhã do outro dia, nada mais restando para comer, o rapaz resolveu agir antes que a fome apertasse. Não desejando recorrer senão em último caso aos poderes da lâmpada, conforme prometera à sua mãe, meteu um dos pratos de prata debaixo da jaqueta e saiu para vendê-lo. Foi direto à loja de um conhecido agiota.

— Quer comprar esta bonita peça, senhor? — perguntou.

O homem tomou do prato, examinou-o e, quando viu que se tratava da melhor prata, seus olhos brilharam. Entretanto, muito esperto e ganancioso, fingiu que não ficara impressionado.

— Hum... Seu prato é bonito, sim, mas não vale grande coisa. Quanto quer por ele?

Aladim ficou confuso, e receando pedir muito pouco ou muito alto, respondeu:

— Não sei... Ofereça o senhor.

Era tão grande a sua ingenuidade, que o comerciante ofereceu-lhe uma moeda de ouro. Aladim aceitou prontamente. Enquanto se afastava todo contente, o agiota se maldizia por não ter oferecido menos e esteve a ponto de correr atrás dele para obter uma redução. Mas o rapaz já ia longe.

No caminho de casa, Aladim passou numa padaria e saiu com um pacote de pães. Ao chegar em casa, entregou à sua mãe o restante do dinheiro. E ela, muito alegre, foi ao mercado comprar outras provisões.

Assim foram vivendo. Cada vez que terminava a comida, Aladim vendia mais um prato, sempre ao mesmo comerciante. Este, que pelo primeiro dera uma moeda de ouro, não teve coragem de lhe oferecer menos pelos outros, temendo perder tão inesperada e fabulosa mina de prata. Assim, pagou por todos o mesmo preço. Quando os pratos se acabaram, Aladim vendeu as taças, e por fim a bandeja. Ao chegar a vez desta, sua ingenuidade não o impediu de fazer um raciocínio simples. Como a bandeja pesava dez vezes mais do que cada prato, era justo pedir por ela dez vezes mais. Preparou-se para sustentar tal lógica diante do agiota, mas não precisou fazê-lo. O homem, depois de examinar o objeto, pagou-lhe sem regateio as dez moedas.

Enquanto provia a casa dessa maneira, Aladim procurou empregar melhor o seu tempo ocioso. Desde a aventura com o mágico, desistira da companhia dos rapazes de sua idade. Passava os dias conversando com pessoas mais velhas, que lhe transmitiam a sua experiência de vida. Frequentava especialmente as lojas de mercadorias. Graças a isso, aos poucos foi adquirindo certo conhecimento das coisas.

Um dia, estando outra vez sem dinheiro para comprar alimentos, e nada mais restando para ser vendido, Aladim disse à mãe:

— Só há uma solução: recorrer novamente ao auxílio do gênio da lâmpada.

— Pelo amor de Deus, Aladim, não faça isso — pediu a mulher amedrontada. — Espere então que eu saia.

Disse isto e cobriu a cabeça, saindo apressada para a rua.

Então Aladim tomou da lâmpada e esfregou-a. Novamente saiu dela uma tênue fumaça azulada que assumiu a forma do gigantesco gênio.

— Que desejais? — perguntou. — Aqui estou pronto para obedecer-vos em tudo, como vosso escravo e de todos os possuidores desta lâmpada.

— Temos fome, traga-nos o que comer — respondeu Aladim.

O gênio sumiu, para voltar em seguida trazendo um serviço de mesa igual ao da primeira vez. Colocou tudo diante de Aladim e desapareceu. Logo depois voltou a mãe do rapaz. Um pouco assustada, mas alegre, sentou-se com o filho para comer. Fartaram-se ambos com as iguarias trazidas pelo gênio e ainda lhes restou com que passar muito bem os dois dias seguintes.

Quando, porém, terminaram essas provisões, Aladim pegou um dos novos pratos e foi procurar o tal agiota. No caminho, ao passar diante da oficina de um ourives, este o chamou e disse:

— Meu filho, várias vezes vi você procurar o agiota meu vizinho. Está lhe vendendo alguma coisa?

— Sim — respondeu Aladim, temeroso. — Uns pratos que temos em casa.

— Com certeza desconhece que ele é um homem desonesto e ganancioso. Ninguém quer ter negócios com ele. Mostre-me o que traz com você e lhe direi exatamente quanto vale. Se me interessar, posso até comprar seu objeto. Caso contrário, indicarei a você outros mercadores que serão incapazes de enganá-lo.

Confiante, Aladim mostrou o prato ao ourives. Este, verificando tratar-se da prata mais fina, perguntou-lhe quanto lhe pagara o agiota por cada um deles.

— Uma moeda de ouro.

— Patife! — exclamou o ourives. — Meu filho, você foi miseravelmente enganado. Este prato é da melhor prata do mundo. Entre comigo e verá quanto vale.

Aladim entrou. O ourives pesou o prato e, após explicar ao rapaz como se avaliava a prata, disse-lhe que o objeto valia exatamente setenta e duas moedas de ouro. E, pegando um saquinho, entregou a importância a Aladim, que estava abismado.

— Eis o justo valor do seu prato — disse o ourives. — Se duvida do que afirmo, dirija-se a outro ourives honesto. E se ele disser que vale mais, pagarei o dobro.

— Oh, não, eu acredito no senhor! — disse Aladim, comovido. — E lhe agradeço muito por me ter feito ver como aquele homem abusava da minha ignorância. Quando quiser vender qualquer coisa, só procurarei agora o senhor.

E Aladim assim fez quando precisou vender os demais pratos, as duas taças e a bandeja. Embora tenha descoberto que possuía uma verdadeira mina de prata na lâmpada, ele e sua mãe continuaram levando a mesma vida humilde de sempre. Do dinheiro que recebia do ourives, Aladim tirava o necessário para as despesas da casa e economizava o resto. Sua mãe continuou a fiar algodão.

Enquanto isso, Aladim não deixou de frequentar as lojas dos mercadores de ouro e prata, tecidos e pedras preciosas. Com eles foi adquirindo, sem perceber, conhecimento e maneiras adultas. Nas lojas de mercadores de pedras, convenceu-se de que os frutos coloridos que colhera no jardim subterrâneo eram gemas de incalculável valor, e não simples pedaços de vidro, como supusera. Não vira até agora nenhuma tão grande e tão perfeita como as suas. Percebeu, então, que era dono de imenso tesouro, mas teve o cuidado de não revelar o fato a ninguém, nem mesmo à sua mãe. Aprendera a ser discreto e modesto. Assim os anos foram passando.

A princesa Badrulbudur

Um dia, encontrando-se num certo bairro da cidade, próximo ao palácio real, Aladim ouviu a voz do arauto do sultão.

— Fechem-se todas as lojas e casas entre quatro e cinco horas da tarde! A princesa Badrulbudur irá à casa de banhos! Quem se atrever a olhá-la morrerá!

Era costume naquele tempo manter as jovens nobres em reclusão completa. Ninguém podia olhar para elas.

Aladim já ouvira falar da beleza da filha do sultão. "Quem me dera poder vê-la!", suspirou. Mas como desobedecer às ordens reais? Quem o fizesse e fosse descoberto pagaria com a vida a indiscrição. Isto já acontecera mais de uma vez.

À tarde, na hora anunciada, todas as portas e janelas do bairro se fecharam. O povo cumpria escrupulosamente a ordem do sultão, temeroso do severo castigo. Somente uma sombra esgueirou-se por entre os muros desertos. Aproximou-se da casa de banhos e, entrando sem ser notada, escondeu-se atrás de uma das colunas do pórtico. Era Aladim. Arriscava-se a ser condenado à morte. Seu desejo de ver a princesa fora maior do que seu amor à vida. Com o coração batendo fortemente, o rapaz esperou que ela chegasse. Não tardou que a princesa aparecesse, acompanhada de um cortejo de escravas e eunucos. À porta da sala de banhos, parou um pouco e deixou cair o véu que lhe cobria o rosto, permitindo que Aladim a contemplasse. E ele gravou para sempre, na mente e no coração, toda a formosura de Badrulbudur. A moça era de fato maravilhosamente bela. Tinha grandes olhos negros, nariz proporcionado, boca pequena e lábios vermelhos. Seu rosto irradiava uma grande meiguice. E suas finas vestes deixavam adivinhar um corpo moldado com perfeição. Além disso, seu andar era elegante e gracioso.

Do seu esconderijo, Aladim viu-a entrar na sala de banhos. Hipnotizado, não resistiu à tentação e resolveu esperar que ela saísse, para contemplá-la mais uma vez. Deixou-se então ficar ali no seu canto, recordando cada traço daquela figura sedutora.

Quase uma hora depois, a princesa saiu. Aladim teve a oportunidade de admirar ainda uma vez o seu rosto, antes que ela o cobrisse com o véu e se retirasse com todos os seus acompanhantes. "Jamais poderei esquecê-la", pensou Aladim, enquanto deixava furtivamente o esconderijo. "Infeliz de mim que não passo de um simples plebeu. Quem me dera ser um rico príncipe. Assim poderia me aproximar da princesa e pedir a sua mão em casamento."

De volta para casa, um mundo de fantasias foi se desenrolando na sua cabeça.

"Sou honesto e honrado. Além disso, possuo uma lâmpada encantada. Não sou feio, nem deselegante. Quem sabe a sorte me ajuda e um dia consigo me casar com a princesa?"

Aladim estava perturbado por aquele sentimento totalmente novo para ele. Nem ao menos se preocupou em não ser visto na rua naquele passeio suspeito. Por sorte, as portas e as janelas ainda não tinham sido abertas, e ninguém soube da sua audácia.

Ao chegar em casa, porém, sua mãe logo percebeu que algo de estranho ocorria com o filho.

— Que tem, Aladim? — perguntou. — Está triste e pensativo. Sente alguma coisa?

O rapaz parecia nem ouvir. Com o pensamento longe, deitou-se no divã. E ali ficou até a hora do jantar, sonhando com a princesa Badrulbudur.

— Coma, meu filho — disse a mãe, servindo-lhe o jantar.

Mas Aladim apenas tocou no alimento. Continuava absorto e silencioso. Foi em vão que sua mãe tentou saber o motivo de tão estranha mudança.

— Vou deitar-me — disse finalmente o rapaz. — Sinto-me cansado.

Foi deitar-se realmente, mas não conseguiu dormir. Não podia esquecer nem a princesa, nem o fato de que ela era inatingível para ele.

Na manhã seguinte, ao se levantar, Aladim foi sentar-se diante da mãe, que fiava algodão.

— Minha mãe — disse ele —, sei que está preocupada comigo e vou desabafar. Não estava doente ontem, como supôs. Mas o que sentia e ainda sinto é pior do que qualquer doença.

— Fale, meu filho. Sua tristeza me deixou aflita. Fale que sua mãe procurará ajudá-lo no que puder.

— Ontem de manhã, quando andava por outro bairro, ouvi o arauto do sultão avisar que a princesa passaria pela rua para ir à casa de banhos. Como sabe, é proibido aos plebeus contemplá-la. Mas não resisti à curiosidade e, às escondidas, ousei desobedecer à ordem real. Vi a princesa Badrulbudur.

— E então? — perguntou a mãe, assustada. — Foi descoberto e denunciado ao sultão?

— Não, ninguém me viu nem soube o que fiz. Mas essa aventura deu-me a oportunidade de ver o rosto mais encantador que existe no mundo. Apaixonei-me pela princesa.

— Pobre filho! Mas isso passa, em breve você a esquecerá.

— Nunca a esquecerei, pode ter certeza. E sinto que não mais poderei viver sem ela. Estou resolvido a pedi-la em casamento ao sultão.

— Ah, filho, perdeu o juízo? Rirão de você na corte e talvez mandem cortar sua cabeça pela ousadia. Peço-lhe, nem pense em ir ao palácio fazer tal loucura!

— Não irei, mãe. A senhora é quem fará isso por mim. Não é de praxe que os pais peçam, para os filhos, a mão da jovem eleita? Se me ama, faça isso por mim.

— Eu, filho? — a mãe riu, tão absurda lhe pareceu a ideia. — Quem sou eu para chegar até o sultão? E quem é você para pedir a mão da princesa? Esquece que é filho de um pobre alfaiate e de uma humilde fiandeira? Os sultões, meu filho, não se dignam dar as filhas em casamento nem mesmo aos príncipes sem esperança de um dia governarem como eles.

— Suplico-lhe que atenda ao meu pedido, mãe. A não ser que prefira me ver morrer de desgosto a dar-me a vida pela segunda vez.

A mãe de Aladim não sabia mais o que dizer. Tinha como certo que o filho estava transtornado, e não queria contrariá-lo agravando a situação. Torcia e retorcia as mãos em desespero, procurando um argumento capaz de convencê-lo.

— Filho — disse, por fim —, compreendo que você tenha ficado impressionado com a beleza da princesa. Dizem que de fato é muito bonita. Seu arrebatamento é próprio da sua idade. Mas ela não é a única moça bonita da cidade. Há outras de condição mais humilde, e que dariam uma boa esposa para você. Veja, por exemplo, as filhas dos nossos vizinhos.

— Não quero saber delas, mãe. Só me interessa a princesa Badrulbudur.

— Mas filho, reflita. Como pode querer que eu vá à presença do sultão pedir-lhe a mão da princesa? Supondo que tenha a audácia de dirigir-me ao palácio, que devo dizer ao entrar? Não acha que o primeiro com quem eu falar me expulsará como louca?

Supondo mesmo que consiga chegar até o sultão, coisa possível quando se trata de lhe pedir justiça ou alguma graça que ele concede aos mercadores, estará por acaso você entre estes? Acha que merece a graça que eu vou suplicar? É digno dela? Que fez pelo seu soberano ou pela sua pátria? Em que se destacou? Coloque-se no meu lugar: como poderei sequer abrir a boca para falar ao sultão? Esqueceu-se ainda de outra coisa, Aladim: ninguém se apresenta ao sultão sem um presente quando pretende solicitar uma graça. Os presentes, ainda que seja recusada a graça pedida, têm a vantagem de pelo menos permitir que o portador possa falar sem ser expulso sumariamente. Mas que presentes você pode oferecer? Volte ao seu juízo, filho, e veja que o seu desejo é impossível.

Aladim ouviu com atenção as palavras da mãe. E depois de refletir, disse:

— Tem razão, mãe. A paixão me cegou. Não desisto da ideia de desposar a princesa. Estou firmemente disposto a fazer tudo para isso, custe o que custar. Mas reconheço que fui precipitado ao lhe pedir que fosse ao sultão levar minha proposta de casamento sem proporcionar-lhe antes os meios de obter uma boa acolhida.

— Ainda bem que percebeu sua insensatez, filho.

— Porém, engana-se quando acredita que não dispomos de nenhum presente digno para levar ao sultão. Temos em casa um tesouro capaz de fazer inveja a qualquer soberano. Lembra-se das frutas que eu trouxe do jardim subterrâneo, e que julgávamos serem simples vidros de cor? Pois são pedras preciosas de grande valor. Estou certo de que serão recebidas com alegria pelo sultão. Traga-me o vaso de porcelana que possui e vejamos como ficam arrumadas nele.

A mãe trouxe-lhe o vaso. Então Aladim, tirando as pedras das bolsas em que estavam guardadas, arrumou-as com arte dentro dele. O efeito que elas produziam assim juntas era surpreendente. À luz do dia, os enormes rubis, safiras, ametistas, diamantes e esmeraldas ofuscavam quem os contemplasse.

— Minha mãe — disse Aladim —, aqui tem o presente para levar ao sultão. Creio que com ele será muito bem acolhida. — Sua mãe, no entanto, não ficou convencida.

— Espero que tenha razão, filho. Mas sei que vão rir quando disser o que pretendo em troca desses cristais coloridos. Se esta, porém, é a sua vontade, submeto-me a ela. E que Deus me ajude. — Como já era muito tarde, a ida ao palácio ficou para o dia seguinte.

A proposta de casamento

Aladim passou mais uma noite em claro por causa da ansiedade, e muito cedo acordou a mãe, para que se preparasse e se dirigisse ao palácio.

Muito nervosa, a mulher vestiu-se e arrumou-se o melhor que pôde. Antes de sair, indagou do filho:

— Se o sultão me der ouvidos, conforme esperamos, e me perguntar quais são os seus bens, as suas riquezas e os seus domínios, que devo responder?

— Não vamos nos preocupar com coisas que talvez não aconteçam, minha boa mãe. Tratemos primeiro de ver qual será a reação do sultão ao meu pedido e ao meu presente. Depois, se desejar outras informações, estudarei uma resposta. Em último caso, recorrerei ao auxílio do gênio da lâmpada.

Essas palavras tranquilizaram um pouco a pobre viúva. Realmente, não havia pensado na lâmpada maravilhosa. Não via aquelas mágicas com bons olhos, mas conhecia bem os poderes do gênio, que parecia capaz de cumprir qualquer ordem de Aladim.

— Mas não toque nesse assunto com o sultão — recomendou o rapaz. — Precisamos guardar segredo sobre a lâmpada.

A mãe cobriu o vaso de porcelana com um xale discreto, velou-se com uma leve mantilha rendada e saiu para cumprir a sua tarefa.

Em frente ao palácio já se encontrava grande número de populares aguardando a hora da audiência. Finalmente soou um clarim e os portões foram abertos. O povo penetrou num amplo e magnífico salão, ao fundo do qual, sentado num trono, estava o sultão, ladeado de seus conselheiros. Um a um os pretendentes a obter uma graça do monarca se apresentaram diante de Sua Majestade. A todos ele ouviu e atendeu conforme a justiça do pedido. A mãe de Aladim foi ficando para o fim, deixando sempre que outro fosse à sua frente. Mas, quando o último homem se retirava, não teve coragem de se aproximar. Então, o sultão, julgando finda a audiência, levantou-se, despediu o conselho e retirou-se acompanhado do grão-vizir.

Ao ver sua mãe voltar cabisbaixa e com o presente nas mãos, Aladim ficou mudo. Achou que a proposta fora sumariamente recusada e sequer teve ânimo de perguntar-lhe o que acontecera. Foi ela própria quem explicou:

— Não tive coragem de falar ao sultão, filho. Havia muita gente na audiência e fiquei envergonhada de expor tão delicado assunto em meio a tal confusão. Mas não fique aborrecido. Amanhã voltarei lá e talvez seja mais bem-sucedida.

Apesar de tudo, como temia o pior, a explicação reanimou as esperanças de Aladim, que se conformou em esperar até o dia seguinte.

Entretanto, quando voltou ao palácio no outro dia, a viúva estranhou que não houvesse ninguém à porta. Soube então que naquele dia não haveria audiências, pois estas se realizavam de dois em dois dias. Aladim resignou-se diante da nova frustração e aguardou com impaciência mais um dia. Infelizmente, na segunda vez que se viu diante do soberano, sua mãe foi atacada da mesma inibição e não conseguiu se aproximar do trono. Voltou uma terceira, uma quarta e uma quinta vez, sem nunca criar coragem de falar. E teria voltado cem vezes, com o mesmo resultado, se o próprio sultão não acabasse por reparar nela.

— Há vários dias que observo certa mulher que comparece à audiência e nada pede — comentou ele com seu grão-vizir. — Traz sempre alguma coisa enrolada num xale, mas parece não ter coragem de me falar. Sabe quem é e o que deseja?

— Na certa quer reclamar de alguma compra feita na feira — respondeu o grão-vizir. — Não ignoreis, senhor, como são as mulheres do povo. Por qualquer ninharia vêm nos incomodar.

O sultão não se satisfez com a resposta.

— Essa de que falo não parece ser desse gênero — replicou. — Tem um ar grave e recatado. Na próxima audiência, se ela voltar, quero ouvi-la.

— Vosso desejo será cumprido, Majestade.

De tal forma se habituara a mãe de Aladim a comparecer ao palácio do sultão que sequer se afligia mais. Sabia que não teria melhor êxito do que da vez anterior. Se insistia naquele trabalho inútil, era apenas para agradar ao filho. Aladim, por seu lado, já estava a ponto de desesperar. Mas nada podia fazer além de incentivar a mãe a romper a inibição.

Não podia exigir dela mais do que aquelas tentativas inúteis, repetidas com boa vontade de dois em dois dias.

Naquela manhã, ao se abrir o salão de audiências, ela foi postar-se, como sempre, diante do sultão, no meio das outras pessoas do povo. O monarca logo a reconheceu e disse ao grão-vizir:

— Eis aí a estranha mulher de quem lhe falei. Chame-a em primeiro lugar e resolvamos de uma vez o assunto que aqui a traz.

— Aproxime-se primeiro a senhora — gritou o grão-vizir, apontando.

A mãe de Aladim quase teve um colapso quando viu que o grão-vizir se dirigia a ela. No entanto, encontrou forças para chegar até o trono.

Imitando o que vira tantos outros fazerem, prostrou-se com o rosto sobre o tapete dos degraus do trono e nessa posição se manteve até ouvir a voz do sultão:

— Erga o rosto, mulher. Vejo-a em todas as audiências sem nunca se manifestar. Que quer de mim?

Pela segunda vez prostrou-se a mulher. Depois de levantar-se falou com voz trêmula:

— Senhor, antes de vos expor o motivo de minha presença diante de Vossa Majestade, suplico que perdoeis a minha ousadia. É tão extraordinário o meu pedido que temo ser severamente punida pela minha pretensão.

— Seja o que for que me pedir, perdoo-a desde já e prometo que nada lhe acontecerá. Fale francamente.

Animada com a magnanimidade do sultão, a viúva narrou-lhe como seu filho vira a princesa e por ela se apaixonara.

— Bem sei que esse amor é injurioso a vós e à princesa vossa filha — continuou ela. — Mas meu filho não ouviu os meus conselhos e ponderações, ameaçando praticar um ato de desespero se eu me recusasse a vir pedir a mão da princesa. Muito me custou isso, e mais uma vez suplico vosso perdão, não só para mim como também para Aladim, pela ousadia, bem própria dos jovens, de aspirar a tão elevada união.

O sultão, que era bondoso e compreensivo, ouviu aquela história sem dar sinal de cólera nem de indignação. Quando ela terminou, ele apenas sorriu e disse:

— Mulher, seu pedido realmente não tem cabimento. No entanto, mantenho a minha palavra e perdoo a sua impertinência. Mas o que traz envolto nesse xale?

— É um humilde presente do meu filho para Vossa Majestade — respondeu ela, descobrindo o vaso de porcelana.

Um murmúrio de assombro percorreu os vizires e os conselheiros que rodeavam o trono. O próprio sultão ergueu-se de um salto e ficou mudo por alguns momentos diante daquela impressionante coleção de pedras preciosas, cada uma maior, mais brilhante e mais perfeita do que as outras. Depois, com grande alegria, tomou o vaso nas mãos, exclamando:

— Inacreditável! Maravilhoso!

Examinou as pedras uma por uma, admirando sua beleza e avaliando seu valor. E fazendo um gesto para que o grão-vizir se aproximasse, murmurou-lhe ao ouvido:

— Concorde comigo que nunca recebi presente mais valioso.

O grão-vizir, pasmado, não soube o que responder.

— Então, que lhe parece esse presente? — prosseguiu o monarca. — Não é digno da princesa?

O grão-vizir não gostou de ouvir aquelas palavras. Elas vinham contra seus planos de casar seu próprio filho com a princesa, para o que já sondara o sultão e obtivera meio consentimento.

— Concordo plenamente com Vossa Majestade — disse ele ao ouvido do sultão. — Mas, senhor, cuidado com os desconhecidos. Suplico-vos que me conceda três meses antes de vos decidirdes. Durante esse tempo, talvez meu filho possa oferecer algo que vos agrade ainda mais.

Embora sem acreditar nisso, o sultão resolveu atender ao pedido do seu grão-vizir. Voltou-se para a mãe de Aladim e disse:

— Vá, boa mulher. Diga ao seu filho que aceito de boa vontade a sua proposta. Mas com a condição de que me conceda três meses de prazo para preparar o enxoval da princesa. Volte, portanto, ao fim desse tempo.

O sultão ficou tão excitado com o presente que suspendeu a audiência e retirou-se com o vaso de porcelana para os seus aposentos. O povo, orgulhoso de ter testemunhado aquele fato sem precedentes, saiu comentando o acontecimento.

O sultão falta à palavra

A mãe de Aladim regressou radiante de felicidade. Mal podia acreditar que, além de ter sido bem acolhida pelo sultão, recebera resposta favorável ao absurdo pedido que lhe levara, em vez de uma expulsão que a cobriria de vergonha.

Duas coisas fizeram Aladim perceber que ela trazia boas notícias: o fato de voltar mais cedo e de ter no rosto uma expressão de grande alegria. A viúva entrou e, antes de mais nada, tratou de sentar-se no banco de madeira para se acalmar e tomar fôlego.

— Fale logo, mãe — implorou Aladim, exasperado. — Posso ter esperanças? Ou estarei condenado a morrer de desgosto?

— Mais do que esperanças, querido filho. Tem todos os motivos para se alegrar com as minhas boas-novas.

— Conte-me tudo, boa mãe. O que respondeu o sultão?

— Em vez de expulsar-me do palácio ou mandar castigar-me, concedeu-lhe a mão da princesa.

— Não está brincando? — Aladim quase morreu de alegria. — Que disse a ele para atender ao nosso pedido?

— Foi o presente que fez o milagre, não eu. Agora acredito no valor daquelas pedras. Causaram enorme impressão no sultão e em todos os que o cercavam. Antes de ver o seu presente, ele nem de longe pensou em me dar uma resposta positiva. Depois que ofereci o vaso, conversou em sigilo com o grão-vizir. Notei que este tentou convencê-lo a recusar minha proposta. Mas o sultão não se deixou influenciar. Concordou com o casamento, mas pediu um prazo de três meses para preparar o enxoval da princesa.

Foi então que o rosto do rapaz se anuviou um pouco. Três meses lhe pareciam uma eternidade. Mas estava disposto a esperar com paciência, se era esse o preço da felicidade.

Já se considerando o mais venturoso dos homens, Aladim pediu à mãe que contasse em detalhes tudo o que havia acontecido na sala de audiências. E quando ela terminou, obrigou-a a contar novamente, e depois a contar tudo outra vez, até que a pobre mulher se cansou de repetir sempre a mesma história.

A partir daquele dia, o rapaz passou a viver em função do prazo estipulado pelo sultão. Contava não somente os dias, mas até as horas e os minutos. Deixou de frequentar os lugares onde se divertia e conversava com os amigos. Raramente saía de casa e, quando o fazia, era para caminhar sozinho e distraído pelos jardins e pomares da cidade. No resto do tempo, ficava trancado em seu quarto, sonhando com o dia do casamento.

Transcorreram dois meses. Certa noite, a mãe de Aladim viu que o azeite das lâmpadas havia acabado. Ao sair para comprá-lo, notou uma grande agitação nas ruas, em geral quase desertas àquela hora. A cidade tinha um ar de festa. As lojas mantinham-se abertas e estavam enfeitadas, enquanto as casas tinham bandeirolas e flores nas sacadas.

Ao entrar na loja para comprar o azeite, a viúva perguntou ao vendedor o que significava aquilo tudo.

— Então a senhora não sabe? — respondeu ele. — O filho do grão-vizir desposa esta noite a princesa Badrulbudur, filha do sultão. As cerimônias já começaram no palácio.

Momentos depois, a viúva entrava em casa esbaforida e corria ao encontro de Aladim no quarto.

— Pobre filho, prepare-se para uma péssima notícia. Perca as esperanças de se casar com a princesa. O sultão faltou com a sua palavra.

— Que diz, mãe? — perguntou o rapaz, aflito. — Não posso acreditar nisso. Que aconteceu?

— Badrulbudur casa-se esta noite com o filho do grão-vizir. É possível mesmo que já estejam casados.

Aladim recebeu aquela notícia como uma facada no coração.

— Quem lhe contou tal mentira?

— Toda a cidade está engalanada e em festa. Você passa os dias trancado no quarto e não sabe o que acontece lá fora. E como eu também saio pouco, só agora fiquei sabendo, quando fui comprar azeite.

— Então é verdade?

Aladim, que se havia levantado ao receber o golpe, sentou-se na cama e debruçou-se sobre os joelhos, desesperado. Não pôde evitar as lágrimas e chorou.

Mas não ficou muito tempo lamentando a sorte. Uma grande raiva, misturada ao ciúme, apoderou-se dele.

— Minha mãe, o filho do grão-vizir não há de ser, esta noite, feliz como pensa. Vá preparar o jantar.

Compreendeu a mãe que Aladim queria fazer uso da lâmpada maravilhosa e se retirou, pedindo a Deus que o gênio fosse capaz de ajudar o filho e de evitar que ele caísse em desespero.

Quando se viu a sós, Aladim pegou a lâmpada e esfregou-a no lugar de sempre. Imediatamente o gênio tomou forma diante dele e perguntou:

— Que desejais? Aqui estou pronto para obedecer-vos em tudo, como vosso escravo e de todos os possuidores desta lâmpada.

— Escute — respondeu Aladim —, você tem sido bom comigo. Das outras vezes, eu pedi alimento, mas agora trata-se de uma coisa muito diferente. É realmente capaz de atender a qualquer pedido meu?

— Sim, meu amo. Basta ordenardes e todos os vossos desejos serão satisfeitos.

— Muito bem — disse Aladim. — Pois então escute.

E explicou ao gênio o que queria que ele fizesse. O escravo da lâmpada desapareceu para cumprir a ordem.

Aladim foi para a sala e jantou com tranquilidade. Nem parecia abalado pelo casamento da princesa. Sua mãe suspirou aliviada ao vê-lo tão calmo e não procurou indagar o que ele havia pedido ao gênio.

Depois do jantar, Aladim fez companhia à sua mãe durante algum tempo e ambos recolheram-se aos seus quartos. A viúva não tardou a dormir. Mas o rapaz deitou-se e ficou de olhos bem abertos, à espera de alguma coisa.

O rapto dos noivos

Enquanto isso, no palácio real estavam terminadas as cerimônias do casamento da princesa, realizadas em meio a muita pompa e alegria. Começava a grande festa, que duraria até altas horas da noite.

Finalmente, acompanhada da sultana e de suas aias, a princesa retirou-se para os aposentos reservados aos recém-casados. Conforme o costume, sua mãe ajudou-a a se despir, deitou-a e, após abraçá-la e desejar-lhe boa-noite, deixou-a sozinha. Pouco depois chegou o noivo. Entrou, mudou de roupa no gabinete e deitou-se ao lado da princesa.

Marido e mulher ainda não tinham trocado a primeira carícia quando sentiram que o leito estremecia e desprendia-se do chão. Atônitos, perceberam que voavam velozmente em direção à varanda e eram lançados aos ares. Num instante sobrevoaram a cidade e encontraram-se no interior de um quarto modesto, onde o leito novamente pousou.

— Fiz como ordenastes, amo. Aqui tendes o leito.

Aladim, que esperava aquela chegada com impaciência, tratou imediatamente de separar os dois boquiabertos esposos.

— Pegue esse homem e prenda-o no outro quarto — disse ao gênio. — Volte quando o dia estiver clareando.

Se os recém-casados já não estavam entendendo nada, entenderam ainda menos quando viram aquele rapaz desconhecido falando sozinho, pois não podiam ver nem ouvir o gênio da lâmpada. Antes que se recobrasse da surpresa, o filho do grão-vizir sentiu-se carregado para outro quarto. Ali o gênio o deixou, depois de lançar-lhe um sopro que o imobilizou dos pés à cabeça.

Feito isso, Aladim aproximou-se da princesa que, apavorada, encolhera-se debaixo das cobertas.

— Princesa, não precisa temer, que nada lhe farei — disse com emoção. — Embora a contragosto, fui forçado a fazer isso, por um motivo que mais tarde compreenderá.

Entretanto, pode estar certa de que não lhe faltarei com o respeito. Aqui pode dormir tão tranquila como se estivesse no palácio.

A princesa nada respondeu, pois não se achava em condições de falar qualquer coisa. O espanto por aquela aventura tão surpreendente quanto desagradável a pusera em tal estado de choque que a única coisa que fez foi sacudir a cabeça para se certificar de que estava acordada.

Para que ela melhor compreendesse a situação, Aladim deitou-se no lugar do filho do grão-vizir e colocou um alfanje entre os dois, a fim de demonstrar que não alimentava a menor intenção de atentar contra a princesa.

Satisfeito por ter estragado a felicidade que o rival esperava para aquela noite, o rapaz dormiu tranquilamente. O mesmo não aconteceu com a princesa. Durante toda a sua vida nunca lhe sucedera passar por momento tão desagradável. Pouco a pouco foi percebendo que fora raptada em plena noite de núpcias. E o pensamento da sorte que lhe estava reservada a deixava gelada de pavor.

Logo ao nascer do dia, o gênio voltou sem que Aladim precisasse esfregar a lâmpada.

— Aqui estou conforme ordenastes, meu amo.

Disse-lhe Aladim:

— Torne a colocar o filho do grão-vizir no leito e leve os dois de volta ao palácio.

O gênio assim fez. E como da outra vez, num instante a princesa e seu marido se viram nos mesmos aposentos aos quais se haviam recolhido na noite anterior. Pouco sentiram além do estremecimento do leito ao ser transportado de um lugar para outro.

Mal haviam chegado, o sultão, desejoso de saber como a sua filha tinha passado a primeira noite do casamento, entrou para dar-lhe bom-dia. Ao ver a porta se abrir, o filho do grão-vizir levantou-se rapidamente e fechou-se no gabinete em que se despira na véspera.

O sultão aproximou-se do leito e beijou a princesa na testa.

— Bom dia, minha filha. Como se sente?

A moça não respondeu. Então, olhando-a mais atentamente, o pai ficou surpreso de vê-la abatida, sem dar nenhuma mostra de felicidade. Seu olhar triste demonstrava certa aflição.

Disse-lhe ainda o sultão algumas palavras, mas ela permaneceu muda. Depois, supondo tratar-se de uma questão de pudor, retirou-se. Mas não deixou de suspeitar que havia algo de estranho no silêncio da filha, o que o fez procurar imediatamente a sultana e descrever-lhe o estado no qual a encontrara.

— Essa reserva é normal em toda a mulher no dia seguinte ao do casamento — respondeu a sultana. — Em dois ou três dias isso passa e ela o receberá com outra cara. Contudo, vou vê-la. Estou certa de que comigo se comportará de outra maneira.

Foi a sultana ver a princesa, mas esta não a recebeu de modo diferente. Parecia nervosa e cansada, e se recusava a dizer o que sentia.

— Minha filha, por que procede assim com sua mãe? — perguntou-lhe a sultana. Acaso duvida de que eu possa compreender os problemas de uma moça em situação semelhante? Fale francamente. Eu procurarei ajudá-la.

Badrulbudur soltou um suspiro e quebrou o silêncio.

— Ah, minha mãe, perdoe se preocupo você e meu pai. É que ainda estou transtornada pelas coisas que me aconteceram durante a noite. Sei que nem vai acreditar.

— Fale, filha. Eu compreendo tudo.

Contou então a extraordinária aventura vivida por ela e pelo marido na noite de núpcias. À medida que ia contando, a sultana ficava cada vez mais espantada. Em certo momento, deixou o espanto de lado e examinou atentamente a filha, sinal de que não acreditava absolutamente no que ela falava.

— Minha filha — disse-lhe, quando a princesa terminou —, fez muito bem em nada dizer ao seu pai. E não conte isso a mais ninguém. Julgarão que você perdeu o juízo. Tudo não passou de um sonho mau.

— Se duvida, minha mãe, pergunte ao meu marido. Ele lhe dirá a mesma coisa.

— Sim, farei isso... Agora levante-se e esqueça o que se passou. Não estrague as festas preparadas em honra do seu casamento e que devem continuar por vários dias no palácio e em todo o reino. Não está ouvindo as fanfarras e os tambores? Tudo isso lhe causará alegria e prazer e apagará todas essas fantasias da sua cabeça.

A sultana deixou a princesa entregue aos cuidados das suas aias e foi até o sultão para tranquilizá-lo sobre o estado da filha, não fazendo menção à história por ela contada.

Em seguida, mandou chamar o filho do grão-vizir para indagar-lhe a respeito. Mas o genro, temendo que aquilo viesse a prejudicar seu tão conveniente casamento, resolveu ocultar o que se passara.

— Meu genro — perguntou-lhe a sultana —, responda-me: também é dado a ter visões durante a noite, como minha filha?

— Senhora — respondeu ele, fingindo a maior admiração —, suplico-lhe que me diga a que se refere.

— Esqueça o que perguntei — disse a sultana. — Basta isso.

A festa continuou por todo o dia. A sultana esforçou-se por proporcionar à filha todos os divertimentos possíveis, para que ela esquecesse o pesadelo da noite anterior. Mas a princesa dava mostras de continuar muito abalada. O filho do grão-vizir também se achava abatido pela noite mal passada, mas dissimulava com perfeição e, ao vê-lo, ninguém duvidaria de que era um marido felicíssimo.

Aladim estava informado do que se passava no palácio e esperou até a noite. Quando calculou que era hora de os recém-casados se recolherem, preparou-se para não deixá-los sossegados. Sabia que uma única vez não era suficiente e estava disposto a repetir o plano do sequestro indefinidamente, até que o casamento fosse desfeito.

Assim pensando, serviu-se outra vez da lâmpada, e o gênio executou a missão com a mesma fidelidade e rapidez da véspera. O filho do grão-vizir teve o desprazer de passar também a sua segunda noite de casamento imobilizado, e a princesa sofreu a mesma mortificação de ter o desconhecido raptor como companheiro de cama, dele separada pelo alfanje. Obedecendo às ordens de Aladim, o gênio voltou na manhã seguinte, repôs o marido ao lado da mulher e levou o leito de volta aos aposentos do palácio.

Pouco depois, o sultão para lá se dirigiu, confiante de que a filha o acolheria melhor do que no dia anterior. Ao pressentir sua chegada, o genro, envergonhado pelo novo fracasso de sua segunda noite nupcial, levantou-se precipitadamente e escondeu-se no gabinete.

O velho monarca, ao beijar a filha, notou que ela não havia melhorado do mau humor da véspera, parecia ainda mais nervosa e abatida. Teve a certeza, então, de que algo estranho estivesse acontecendo. Irritado com o seu silêncio, disse:

— Minha filha, ou me diz o que está acontecendo ou sofrerá o peso da minha cólera.

A princesa, assustada com o tom e a ameaça do pai, fez um esforço para romper o mutismo.

— Querido pai, peço perdão se o desrespeitei com a minha reserva. Espero que, com a sua bondade e clemência, me compreenda depois que lhe expuser fielmente a razão do meu silêncio.

Depois desse preâmbulo, que acalmou e enterneceu o sultão, a princesa contou-lhe o que acontecera naquelas duas primeiras noites depois do casamento, terminando por dizer:

— Se tem a menor dúvida, pode perguntar ao marido que o senhor me deu. Ele confirmará tudo.

— Minha filha — disse então o sultão —, fez muito mal em não me ter confiado desde ontem tão estranho caso. Compreendo a sua perturbação e a perdoo. Mas agora afaste todas essas coisas más do seu espírito. Não casei você para vê-la infeliz, mas para desfrutar toda a felicidade que merece junto a um marido que me pareceu lhe ser conveniente. Quanto ao que me contou, tomarei providências para que não mais passe noites tão desagradáveis.

Ao deixar os aposentos da princesa, o sultão mandou chamar o grão-vizir.

— Seu filho lhe contou alguma coisa? — perguntou o monarca.

Como o grão-vizir respondesse que não tornara a ver o filho, o sultão reproduziu para ele a narrativa da princesa Badrulbudur, acrescentando:

— Estou convencido de que minha filha não inventou essa história. Porém, gostaria de obter a confirmação através do testemunho do seu filho.

O grão-vizir foi procurar imediatamente o filho, comunicou-lhe o desejo do sultão e aconselhou-o a contar tudo, sem nada esconder.

— Nada ocultarei, meu pai — respondeu o filho. — Tudo o que a princesa narrou ao sultão é verdade. Mas não lhe contou os maus tratamentos dispensados a mim em particular. Posso lhe garantir que nunca na minha vida passei duas noites tão terríveis como essas que se sucederam ao meu casamento. Sem falar do meu assombro ao ver o leito ser transportado misteriosamente de um lugar para outro, fui encerrado num pequeno quarto escuro, onde fiquei a noite inteira de pé, tanto da primeira como da segunda vez, atacado de uma espécie de paralisia, pois não conseguia fazer um só movimento, embora nada me impedisse. De manhã, não sei como, fui parar novamente ao lado da princesa e de posse de todos os meus movimentos, e o leito então voltou para o palácio num abrir e fechar de olhos. Meu pai, sei bem o quanto me honra ter desposado a princesa, mas confesso que prefiro morrer a voltar a experimentar o que experimentei. Alguma força muito poderosa quer impedir a consumação do nosso casamento e, com certeza, continuará repetindo o mesmo horror se insistirmos. Creio que a princesa concordará facilmente ser a nossa separação necessária para o seu repouso e o meu. Assim, meu pai, peço-lhe obter do sultão consentimento para que o meu casamento com a princesa seja anulado.

Ao ouvir essas palavras, que eram um duro e inesperado golpe nas suas ambições de poder, o grão-vizir tentou por todos os meios convencer o filho a mudar de ideia e a aguardar os acontecimentos. Mas encontrou a firme decisão do rapaz.

— Meu pai, não adianta dar-me conselhos, pois não estou disposto a suportar uma terceira noite igual às duas primeiras. Se me negar a sua mediação, conversarei com a princesa e iremos diretamente ao sultão.

Diante da teimosia e do pavor do filho, o grão-vizir suspirou profundamente e, muito abatido, foi ter com o sultão, a quem confirmou que os fatos narrados pela princesa eram verdadeiros e transmitiu o pedido para que o casamento fosse desfeito. A fim de que não recaísse sobre o filho qualquer suspeita de covardia, pretextou não ser justo que a princesa ficasse exposta por mais uma noite a tão demoníaca perseguição.

O grão-vizir não teve dificuldade de obter o que pedia. Imediatamente, o sultão deu ordens para suspender as festas no palácio, na cidade e no reino inteiro. O casamento de Badrulbudur foi declarado nulo, e o filho do grão-vizir retirou-se do palácio no mesmo dia.

O presente de casamento

Informado de que o casamento fora desfeito e o rival abandonara o palácio, Aladim sorriu satisfeito e dispôs-se a esperar tranquilamente o término do prazo estipulado pelo sultão.

Nem o velho monarca, nem seu grão-vizir — já completamente esquecidos dele — pensaram em nenhum momento que ele pudesse ter relação com os estranhos acontecimentos que envolveram a princesa.

Finalmente, passados os três meses, Aladim enviou sua mãe ao palácio, a fim de cobrar a promessa do sultão.

Na hora da audiência, a viúva lá estava no meio da gente do povo, aguardando a sua vez. O sultão logo a reconheceu. Ao vê-la, lembrou-se ao mesmo tempo da proposta que ela lhe fizera e do prazo por ele estabelecido. Ficou preocupado. Julgara que nunca mais ouviria falar naquele casamento tão inadequado para a princesa, em vista da manifesta humildade e pobreza da mãe do pretendente.

Quando ela se aproximou, fez a habitual saudação, ajoelhando-se diante do trono. Depois de ordenar que se levantasse, perguntou-lhe o sultão o que desejava.

— Senhor — disse ela —, em nome de Aladim, meu filho, vim lembrar-vos a promessa que fizestes há três meses.

— Promessa, mulher?

— Prometestes conceder a mão da princesa ao meu filho, com a condição de que ele esperasse três meses. Venho lembrar-vos de que esse prazo expirou.

O sultão estava sem saber o que responder. Consultou o grão-vizir a respeito do delicado problema. Não podia faltar à promessa, e ao mesmo tempo não podia sacrificar a princesa a uma nova frustração matrimonial.

O grão-vizir refletiu um pouco e propôs:

— Senhor, parece-me que há um meio fácil e infalível de evitar o casamento, sem que falteis à palavra. É pedir um preço tão alto pela mão da princesa que nenhum homem na terra seja capaz de pagá-lo. Muito menos o coitado desse Aladim, que terá de desistir da sua descabida pretensão.

O sultão, achando sábio o conselho do grão-vizir, voltou-se para a mãe de Aladim e disse:

— Boa mulher, recordo-me da minha promessa e sei que os sultões devem cumpri-las. Mantenho, pois, a minha palavra. Estou disposto a fazer seu filho feliz permitindo-lhe desposar a princesa, minha filha. As bodas serão celebradas assim que ele mandar o presente de casamento.

— E que presente deverá ser este, senhor?

— Compreenderá que, desconhecendo as posses de seu filho, preciso saber se ele é digno da mão da princesa. Assim sendo, exijo um presente muito especial. Diga ao seu filho Aladim que deverá enviar-me, como presente de núpcias, quarenta bandejas de ouro maciço, cheias das mesmas pedras que me mandou da outra vez, trazidas por igual número de escravos negros guiados por outros quarenta escravos brancos, todos jovens, atléticos e luxuosamente vestidos. Vá, boa mulher. Esperarei o tempo necessário para que seu filho providencie o cumprimento dessas condições.

A viúva ajoelhou-se novamente diante do trono e retirou-se. No caminho, foi pensando com amargura: "Pobre filho! Onde encontrará tantas bandejas de ouro e tão grande quantidade de vidros coloridos para enchê-las? Como poderá voltar ao subterrâneo para apanhar aquelas frutas das árvores, se a entrada está fechada? E esses escravos todos, onde os arranjará? Creio que agora se convencerá da loucura de sua ideia".

Vendo-a entrar em casa tão desanimada, Aladim achou que tinha acontecido uma desgraça.

— Meu filho — disse-lhe a mãe —, será melhor que esqueça a princesa Badrulbudur. O sultão não negou a promessa que fez, mas impôs novas condições. E estas você nem imagina como são impossíveis de satisfazer!

E revelou a Aladim qual era o presente de casamento exigido pelo sultão, concluindo:

— Disse que esperará o tempo necessário para que você providencie tudo isso. Mas, como vê, ficará esperando a vida inteira.

— Não tanto quanto pensa, minha mãe — retrucou Aladim. — E o sultão também se engana, se julga que, com as suas exigências despropositadas, fará com que eu desista de querer casar-me com a princesa. Poderia pedir até muito mais. O que exige de mim é pouca coisa em comparação com o que eu faria ou daria para ter a princesa como esposa. Enquanto cuido de satisfazê-lo, saia para fazer as compras do jantar.

Logo que sua mãe saiu, Aladim esfregou a lâmpada. Imediatamente o gênio se apresentou, perguntando-lhe, com as palavras de sempre, o que desejava.

— O sultão me dará a princesa sua filha em casamento, mas antes exige quarenta bandejas de ouro maciço, cheias de frutas do jardim de onde tirei a lâmpada da qual és escravo. Além disso, exige que as quarenta bandejas sejam carregadas por igual número de escravos negros guiados por outros quarenta escravos brancos, todos jovens, atléticos e luxuosamente trajados. Traga-me esse presente o quanto antes, para que eu possa enviá-lo ao sultão antes de terminar a audiência.

O gênio assegurou que a ordem seria cumprida sem demora e desapareceu. Pouco depois, reaparecia acompanhado de quarenta escravos negros, cada um carregando uma bandeja de ouro maciço cheia de pérolas, diamantes, rubis e esmeraldas em forma de frutas, superiores em beleza e tamanho às pedras que já tinham sido levadas ao sultão, e cobertas com uma toalha bordada a ouro. Ali estavam também os quarenta escravos brancos, todos robustos como os negros, e trajados como se viessem do mais rico reino da terra. Em suma, tudo como o sultão exigira, e muito mais do que certamente ousara imaginar ao fazer a absurda exigência.

Perguntou o gênio a Aladim se estava satisfeito e se tinha outra coisa para lhe ordenar. Respondeu-lhe o rapaz que não, e ele desapareceu.

Quando voltou do mercado, a mãe de Aladim ficou perplexa de ver seu pequeno quintal e sua modesta casa ocupada por toda aquela gente e por toda aquela riqueza.

— Minha mãe — disse-lhe Aladim —, não há tempo a perder. Antes que o sultão encerre a audiência, volte ao palácio e leve para ele o presente pedido, para que avalie, pela minha presteza e exatidão, o meu poder e o meu ardente desejo de desposar a princesa.

Abriu a porta da rua e mandou desfilar sucessivamente todos os escravos, fazendo sempre um escravo branco guiar um negro carregando uma bandeja de ouro na cabeça. Depois de sua mãe sair atrás do último escravo negro, fechou a porta e foi esperar tranquilamente no quarto, certo de que o sultão, depois daquela prova, não hesitaria em aceitá-lo como genro.

Atraído pelo espetáculo daquela suntuosa caravana caminhando rumo ao palácio, todo o povo da cidade saiu às ruas. O esplendor dos trajes dos escravos, cujo andar cadenciado fazia faiscar as valiosas pedras incrustadas nos seus cintos de ouro e nas suas armas, encheu os olhos dos cidadãos, que se perguntaram uns aos outros de onde vinha tão deslumbrante cortejo.

Quando, enfim, chegaram às portas do palácio, os escravos já eram seguidos por enorme multidão. Os guardas, à vista daquele magnífico séquito, imediatamente abriram alas, julgando tratar-se de algum rei que estava de visita ao país. Então, o chefe da guarda adiantou-se e perguntou ao primeiro dos escravos que soberano ou príncipe devia anunciar.

Instruído pelo gênio, o escravo respondeu:

— Somos apenas escravos. Nosso amo aparecerá na ocasião oportuna.

Avisado da aproximação de um cortejo de esplendor nunca visto, o sultão dera ordem para que o deixassem entrar sem embaraços. Os escravos entraram em ordem no grande salão de audiências e formaram um semicírculo diante do trono. A própria corte real ficou ofuscada pela sua presença.

De uma só vez, os escravos negros depositaram as bandejas sobre o tapete e as descobriram. Em seguida, prosternaram-se todos juntos, no que foram imitados pelos escravos brancos. Levantaram-se depois e cruzaram os braços sobre o peito, em atitude de humildade.

Então, a mãe de Aladim avançou até os pés do trono e, após se ajoelhar, disse:

— Senhor, meu filho Aladim não ignora que o presente que vos envia é insignificante em relação ao que merece a vossa filha. Mas espera que vejais na presteza com a qual atendeu às vossas condições uma pequena prova destinada a tranquilizar-vos quanto ao futuro da princesa, como também da sua ansiedade pela celebração das núpcias. Que resposta devo levar ao meu filho?

O príncipe Aladim

O sultão demorou algum tempo a reconhecer o próprio presente que havia pedido em troca da mão da princesa. Aturdido, estendia o olhar das bandejas de pedras preciosas para os escravos trajados como reis, dos escravos para a mulher, e da mulher novamente para as bandejas, sem conseguir entender o que se passava. Olhou para o seu grão-vizir, que também não sabia o que dizer. Estavam mudos de assombro.

Convenceu-se o sultão de que esse Aladim, a quem não conhecia e de quem nunca ouvira falar, era o homem mais rico do mundo e se divertia à sua custa mandando-lhe a mãe em trajes humildes. Depois daquilo que vira, era por demais evidente que nunca poderia encontrar marido mais adequado para a sua filha, não importa quem fosse ele. Por isso, logo que se recobrou do espanto, não hesitou em dizer:

— Boa mulher, diga ao seu filho que o aguardo ansioso para dar-lhe a mão da princesa minha filha. E quanto mais se apressar, maior será o meu prazer de conhecê-lo e abraçá-lo como meu futuro genro.

A mãe de Aladim retirou-se com a alegria da mulher de sua condição que via o filho receber a mais alta graça do reino: casar-se com a herdeira do trono.

Mal havia ela saído, o sultão suspendeu a audiência e ordenou aos eunucos que levassem as bandejas para os aposentos da princesa, para onde ele próprio em seguida se dirigiu a fim de comunicar à filha seu próximo casamento e apreciar com calma, junto dela, o presente enviado pelo noivo. Os oitenta escravos brancos e negros também foram conduzidos para o interior do palácio e reunidos num pátio para que Badrulbudur os admirasse com seus próprios olhos.

A princesa não se mostrou descontente com o novo casamento que o pai lhe anunciava. Sabedora da paixão que inspirava ao desconhecido de nome Aladim, da qual aquele inacreditável presente era uma prova concreta, sentiu-se envaidecida. Só temia que ele fosse muito velho ou muito feio, ou as duas coisas. O pai tranquilizou-a pelo menos quanto ao primeiro ponto, dizendo que o futuro noivo não poderia ter mais de vinte anos, pois sua mãe ainda era bastante jovem.

Enquanto isso, a mãe de Aladim entrava em casa toda agitada, trazendo as boas notícias.

— Filho, seus desejos foram satisfeitos. O sultão o espera para abraçá-lo e realizar o casamento. E se declara ansioso de que isso aconteça o mais breve possível. Cabe a você agora cuidar dos preparativos para se apresentar dignamente no palácio. Mas, pelas maravilhas que soube operar, julgo que isso não será problema para você.

Contentíssimo, Aladim foi para o seu quarto. Ali pegou a lâmpada e esfregou-a. Quando o gênio apareceu, disse-lhe:

— Gênio, devo apresentar-me ao sultão para receber a princesa sua filha em casamento. Providencie-me um banho completo e o mais rico e belo traje usado até hoje por qualquer homem.

Imediatamente Aladim viu-se transportado a uma luxuosa casa de banhos, de paredes de fino mármore e totalmente deserta. Ali, mãos invisíveis o despiram e o imergiram numa piscina de água morna e perfumada, onde o esfregaram. Depois de passar por vários graus de calor, conforme as diversas salas de banho, saiu Aladim com a pele fresca e limpa, sentindo-se leve e bem-disposto.

No salão onde se despira, em vez das roupas humildes que lá deixara, achou pronto um magnífico traje completo. Depois de vesti-lo com auxílio do próprio gênio, Aladim assumiu o aspecto de um verdadeiro príncipe.

O gênio tornou a transportá-lo para casa e perguntou-lhe se tinha outras ordens.

— Sim — respondeu Aladim. — Traga-me um cavalo que supere em raça e beleza o melhor do sultão. Eu o quero ricamente selado, com estribos de ouro e selim cravejado de pedras preciosas. Traga-me também vinte escravos para me precederem e outros vinte para me seguirem, iguais aos que levaram o presente ao sultão. Para minha mãe, quero seis escravas, tão belas como as da princesa, elas e minha mãe com luxuosos vestidos. Além disso, traga-me dez mil moedas de ouro em dez bolsas.

O gênio desapareceu para voltar logo depois com o cavalo, os quarenta escravos, dos quais dez carregavam uma bolsa de mil moedas de ouro, e as seis escravas para a mãe de Aladim, cada uma trazendo um vestido diferente.

Das dez bolsas, Aladim tomou quatro e deu à sua mãe, para que fizesse uso do dinheiro como quisesse. As outras seis deixou nas mãos dos escravos, ordenando que as lançassem ao povo, ao passarem pelas ruas rumo ao palácio do sultão. Finalmente, entregou à mãe as seis escravas e os vestidos.

Feitos todos os preparativos e dadas todas as instruções, Aladim mandou um emissário ao sultão para saber se poderia recebê-lo. O escravo não demorou a trazer a resposta. O sultão esperava-o com impaciência.

Aladim montou em seu cavalo e pôs-se em marcha. Apesar de nunca haver montado antes, ele o fez tão bem que o cavaleiro mais experiente não o julgaria um aprendiz.

As ruas encheram-se de gente para vê-lo passar. Os ricos o aclamavam, pois souberam que um desconhecido muito rico desposaria a princesa, e o identificaram imediatamente como o noivo. Os pobres o abençoavam pelas moedas de ouro que os escravos lhes iam atirando aos punhados pelo caminho.

Ninguém reconhecia nele o filho do alfaiate Mustafá, que vadiava pelas ruas anos atrás. Os próprios amigos a quem frequentava não o reconheceram.

Aladim chegou finalmente ao palácio, onde foi recebido com honras especiais. O grão-vizir, os generais e os governadores das províncias desmontavam no pátio externo, porém, o chefe da guarda, por ordem do sultão, convidou-o a seguir a cavalo até a porta do salão do trono, onde o ajudou a apear e o acompanhou por entre as duas alas formadas pelos guardas.

O próprio sultão desceu do trono para recebê-lo e impedir que Aladim se ajoelhasse diante dele. Apesar de preparado para qualquer nova surpresa vinda do desconhecido, o sultão admirou-se por ver um jovem tão magnificamente trajado e com certa expressão de grandeza, bem distante da humildade com que sua mãe se apresentara na corte.

Satisfeito e orgulhoso, o monarca não teve mais dúvidas de que havia acertado na escolha do noivo para Badrulbudur. Depois de abraçar efusivamente o futuro genro, conduziu-o pelo braço e o fez sentar-se entre ele e o grão-vizir.

Foi Aladim o primeiro a falar:

— Senhor, sinto-me honrado com a recepção que me ofereceis. Desejo manifestar-vos que, apesar dela, e do vosso magnânimo gesto concedendo-me a mão da princesa vossa filha, não esqueci de que sou vosso súdito e do quanto meu nascimento me coloca abaixo do esplendor da vossa grandeza e do vosso poder. Perdoai a ousadia cometida por este jovem, mas compreendei que fiz tudo isso por amor à princesa e porque eu morreria de dor se não realizasse o sonho de desposá-la.

Essas palavras impressionaram ainda mais favoravelmente o sultão. "Além do mais, é modesto e não faz alarde da sua linhagem", pensou.

— Caro jovem — respondeu —, estou certo de que não poderia encontrar melhor noivo para minha filha. Doravante o considero como um filho. E será o príncipe Aladim.

Depois de trocarem algumas palavras de cortesia, o sultão fez um sinal. Soaram clarins, timbales e oboés. O monarca conduziu Aladim a um magnífico salão, onde foi servido o banquete, do qual participaram todos os dignitários da corte. Aladim sentou-se à cabeceira da mesa, ao lado do sultão. Enquanto comiam e brindavam, conversavam sobre vários assuntos, demonstrando o rapaz, para a satisfação do soberano, inteligência e diversos conhecimentos, além de grande facilidade de se exprimir. Isso era também obra da lâmpada maravilhosa.

Terminado o banquete, o sultão mandou chamar o primeiro juiz do reino e ordenou-lhe que preparasse imediatamente o contrato de casamento entre o príncipe Aladim e a princesa Badrulbudur.

O palácio encantado

O juiz chegou daí a pouco e redigiu o contrato, que logo foi assinado pelo sultão e por Aladim. Cumprida essa formalidade, o soberano disse ao genro:

— Terminemos hoje mesmo as cerimônias do casamento. Assim já poderá ficar no palácio como marido da princesa.

— Senhor — respondeu Aladim —, embora eu esteja impaciente por ver concluídas as bodas, gostaria de adiar a minha união efetiva com a princesa até que tenha construído um palácio para recebê-la, digno de sua beleza e posição. Suplico-vos conceder-me um lugar conveniente para tal fim.

— Meu filho, escolha o lugar que desejar. Existe um vasto terreno vazio defronte ao meu palácio, e já tinha mesmo pensado em ocupá-lo. Só lhe peço que não demore nessa construção, pois desejo vê-los casados o mais depressa possível.

Aladim despediu-se do sultão e voltou para casa. No caminho, foi novamente aclamado pelo povo, que lhe desejava felicidades. Logo que chegou, fechou-se no quarto, pegou a lâmpada e chamou o gênio. Este, como sempre, não se fez esperar.

— Gênio, até agora você executou com perfeição todos os meus pedidos. Vejamos se será capaz de realizar o que lhe pedirei agora e no menor tempo possível. Escute com atenção. Quero que construa, em frente ao palácio do sultão, um outro palácio digno de servir de morada para a princesa Badrulbudur, minha esposa. Deixo a seu critério a escolha do material, mas que seja do mais nobre, ou seja, pórfiro, jaspe, ágata, lápis-lazúli, mármore fino. Na cúpula principal desse palácio, quero um grande salão, de quatro faces iguais, cujos suportes sejam de ouro e de prata maciça, tendo em cada lado seis janelas. Vinte e três delas deverão ser incrustadas artisticamente de diamantes, rubis e esmeraldas. A última janela, porém, deve ficar inacabada. Em volta do palácio quero pátios, jardins e cavalariças com belos cavalos. Mobílie-o e decore-o com o maior luxo e arte, e dê-lhe todo o pessoal necessário aos vários serviços: escudeiros, cozinheiros, escravos e aias. Finalmente, em lugar que me indicará, deverá existir um tesouro repleto de ouro e prata. Você é capaz de fazer tudo isso?

— Vossa ordem será cumprida, senhor.

— Volte para avisar-me quando estiver pronto.

Era quase noite quando o gênio sumiu para ir cumprir a ordem. Quando voltou, o dia seguinte ainda não havia nascido. Aladim já estava acordado. Aliás, nem tinha dormido, excitado pela ideia de já estar ligado à princesa e ansioso pelo momento de encontrar-se com ela.

— Senhor, vosso palácio está pronto — disse o gênio. — Quereis vê-lo?

Aladim espantou-se. Por mais que conhecesse os poderes mágicos do gênio, não esperava que ele pudesse fazer tudo aquilo que pedira numa só noite. Ao responder que sim, foi transportado para a frente do palácio. E, diante do que viu, ficou deslumbrado.

Era obra muito superior, em beleza e magnificência, àquela que esperava. Perto dele, o palácio do sultão era um casebre. Seu esplendor era ainda maior pelo contraste que oferecia nessa hora. Enquanto a cidade ainda se encontrava mergulhada na escuridão e no silêncio da noite, todo ele estava iluminado como o dia, e numerosa criadagem agitava-se febrilmente em todas as direções, executando serviços.

Guiado pelo gênio, Aladim percorreu todas as dependências do palácio. E a cada nova coisa que via o rapaz ficava mais maravilhado, em vista do luxo, do bom gosto e da limpeza de tudo. O gênio mostrou-lhe o grande salão da cúpula, que só não era como ele imaginara porque não ousara tanto, e o tesouro localizado no subterrâneo, cuja porta foi aberta pelo tesoureiro, homem, segundo o gênio, de toda a confiança. Aladim viu sacos de moedas de ouro e prata empilhados até o teto e arcas repletas de joias e pedras preciosas, tudo escrupulosamente arrumado.

Enfim, depois de visitar todo o palácio, Aladim disse ao gênio:

— Estou contentíssimo com o seu trabalho. Foi muito além da minha expectativa. Só lhe peço mais um favor: estenda entre o meu palácio e o do sultão, de porta a porta, um tapete do melhor veludo. É para que a princesa nele pise, quando vier para cá.

O gênio desapareceu e reapareceu num segundo, com a ordem executada. Então, levou Aladim de volta para casa, no exato momento em que, despontando o dia, abria-se a porta do palácio do sultão.

Os porteiros ficaram surpresos ao ver aquele tapete de veludo estendido diante da porta. Seguindo-o com a vista, da surpresa passaram ao assombro. Não queriam acreditar no que viam e esfregavam os olhos repetidas vezes. De onde tinha surgido aquele soberbo palácio todo iluminado?

A notícia de tão surpreendente maravilha espalhou-se logo pelo palácio inteiro. Acordado, o grão-vizir, olhando pela janela, não ficou menos espantado do que os outros e foi comunicar a novidade ao sultão. Quis atribuir o fato à obra de encantamento.

— Por que há de querer que seja encantamento? — retrucou o sultão. — Sabe tão bem quanto eu que é o palácio que Aladim mandou construir, com a minha permissão, para receber a princesa minha filha. Pelas amostras que já deu da sua riqueza, podemos estranhar que tenha construído esse palácio em tão pouco tempo? Quis surpreender-nos, isto sim, e mostrar-nos que com dinheiro se podem fazer verdadeiros milagres. Confesse antes que o que sente é um pouco de inveja.

Uma vez em casa, Aladim foi ter com a mãe e lhe disse que se aprontasse para exercer mais uma vez o papel de intermediária. Mas agora devia fazer uso das escravas, das roupas e das joias trazidas pelo gênio e vestir-se de acordo com a sua nova condição, ou seja, de sogra da princesa real.

À hora em que o sultão devia estar encerrando as audiências do dia, Aladim pediu à mãe que se dirigisse ao palácio com suas escravas e dissesse ao monarca que ali se apresentava para ter a honra de acompanhar a princesa, quando esta se achasse pronta, para passar ao palácio do marido.

A viúva assim o fez. Quanto a Aladim, montou no seu cavalo e deixou a casa paterna para não mais voltar, não se esquecendo de levar a lâmpada maravilhosa, à qual devia tudo.

Dos terraços do palácio real já soavam continuamente clarins e tambores, anunciando um dia de festa. Os mercadores adornavam as suas lojas de belos tapetes e flores e preparavam a iluminação para a noite. Os artesãos suspendiam o trabalho. O povo tomou conta da praça entre os dois palácios e não se cansava de admirar o de Aladim, sem compreender por meio de que maravilha se via construção tão magnífica em lugar onde na véspera havia um terreno abandonado.

A mãe de Aladim foi recebida com todas as honras no palácio real. O sultão, que sempre a vira trajada com muita simplicidade, ficou surpreendido ao vê-la ostentando magnífico vestido e joias valiosas, o que o levou a confirmar a suspeita de que Aladim simulara tudo, por gosto da surpresa.

A viúva foi levada aos aposentos da princesa Badrulbudur. Apenas esta soube quem era ela, abraçou-a ternamente e convidou-a a sentar-se no sofá, enquanto as suas aias acabavam de vesti-la e adorná-la para as bodas.

Quando a noite caiu, a princesa despediu-se do pai e da mãe. Com lágrimas nos olhos, abraçaram-se repetidas vezes. Então a noiva se pôs a caminho, com a mãe de Aladim ao lado e seguida de cem escravas.

À porta do palácio, estava um conjunto de músicos tocando seus instrumentos. Vinham em seguida cem eunucos pretos, em duas filas. Quatrocentos pajens do sultão, também em duas filas, cada qual segurando uma tocha, proporcionavam uma luz que, somada à dos dois palácios, quase substituía a luz do dia. A princesa caminhou sobre o tapete que Aladim mandara estender e, à medida que avançava, aumentava a sua ansiedade por conhecer o noivo, a quem tentava inutilmente ver por cima da multidão à sua frente.

Enfim, a princesa chegou ao novo palácio, e Aladim veio ao seu encontro emocionado e alegre. Apesar de ter o rosto velado, a princesa deixou transparecer, pelos olhos, que ficou surpresa diante da figura do noivo. Era muito superior àquela que podia esperar de um marido imposto pelo pai. Mas não reconheceu nele o misterioso raptor que havia dormido ao seu lado duas noites seguidas.

— Adorável princesa — disse Aladim, depois de beijar-lhe a mão —, sinto-me hoje o mais feliz dos homens. Perdoe a impertinência deste pobre apaixonado, que se deixou enfeitiçar pelos seus encantos assim que a viu pela primeira vez. Se eu tiver a ventura de não ser totalmente do seu desagrado, verá como dedicarei a minha vida procurando fazer a sua felicidade.

— Príncipe, aqui estou, é certo, em obediência à vontade do sultão meu pai. Mas basta-me tê-lo visto para admitir que ele acertou na escolha do meu marido e para poder dizer-lhe que obedeço ao meu pai de muito boa vontade.

Contentíssimo com esta resposta, Aladim tomou-a pela mão e conduziu-a a um grande salão iluminado e decorado com o mais requintado luxo. Ali estava posta a mesa para o banquete nupcial. Os talheres eram de ouro, as taças de fino cristal, as travessas de prata. Deslumbrada com tanta riqueza, Badrulbudur comentou:

— Príncipe, pensava não existir no mundo palácio mais suntuoso do que o do meu pai. Vejo agora o quanto me enganei.

— Princesa — respondeu Aladim —, nada mais fiz do que oferecer-lhe uma morada digna de sua beleza.

Assim que a princesa, Aladim e sua mãe sentaram-se, começou um concerto de instrumentos e coro. A princesa, encantada, disse que nunca ouvira vozes mais melodiosas e harmoniosas em sua vida. Não sabia que as executantes da música eram fadas trazidas pelo gênio da lâmpada.

Findo o banquete, Aladim e a princesa dirigiram-se a outro salão não menos deslumbrante do que o primeiro, onde um grupo de bailarinos e dançarinas realizavam um maravilhoso espetáculo. Perto da meia-noite, seguindo o costume, Aladim deu o braço à princesa e levou-a até o meio do salão, para dançarem e assim dar por terminadas as cerimônias do casamento.

Dirigiram-se, então, para os aposentos em que fora preparado o leito nupcial. As aias da princesa ajudaram-na a despir-se e a deitar-se. Os camareiros de Aladim fizeram o mesmo com ele. E todos se retiraram, deixando os noivos a sós.

A janela inacabada

Alguns dias depois do seu casamento com a princesa Badrulbudur, Aladim mandou um emissário ao palácio do sultão.

— Senhor — disse o emissário —, vossa filha e vosso genro vos suplicam a honra de uma visita.

O sultão, que só esperava por aquele convite, apressou-se a aceitá-lo. Até então apenas admirara o palácio de Aladim por fora e de longe e morria de curiosidade de ver como era por dentro.

Acompanhado do grão-vizir e dos cortesãos, precedido pelos arautos e principais guardas do palácio, cobriu a pé a pequena distância que separava os dois palácios.

Aladim e Badrulbudur receberam-no à porta. Os recém-casados tinham excelente aspecto e um ar feliz.

— Bem-vindo, querido pai — disse a princesa.

— É uma honra receber-vos em nossa casa, Majestade — acrescentou Aladim.

— O prazer é todo meu, filhos — respondeu o soberano. — Estava mesmo curioso de conhecer este esplêndido palácio.

Depois dessas saudações, o sultão percorreu o palácio, admirando cada aposento e cada detalhe. Aladim reservou para o final a maior surpresa: o salão da cúpula.

— Fantástico! Inacreditável! — exclamou o monarca ao chegar ao limiar daquele gigantesco salão, que resplandecia ao sol da tarde com suas colunas de ouro, de prata e suas janelas incrustadas de pedras preciosas. — Vizir, já viu coisa igual em sua vida?

— E o mais surpreendente, Majestade, é que tudo isso tenha sido feito da noite para o dia — respondeu o grão-vizir.

— Sim, nunca poderia imaginar que defronte ao meu palácio viesse a se erguer um dia uma das maiores maravilhas do mundo. Onde se encontrarão no mundo inteiro pilares de ouro e prata maciços, em vez de pedra ou mármore? E janelas com molduras incrustadas de diamantes, rubis e esmeraldas? Nunca se viu coisa igual!

E pôs-se a andar pelo salão, examinando de perto cada particularidade e acariciando os metais e as pedras. Deteve-se especialmente, como não poderia deixar de ser, nas molduras das janelas, obra incomparável de arte e riqueza. Notou que todas elas eram absolutamente iguais e, por mais que as comparasse, não conseguia descobrir uma só diferença. Mas, coisa estranha, uma das 24 janelas estava inacabada. Inconformado com aquela imperfeição, interpelou Aladim:

— Meu filho, surpreende-me ver esta janela inacabada perturbando a harmonia do conjunto. Foi obra de negligência dos operários ou não tiveram eles tempo de acabar tão bela joia de arquitetura?

— Não foi por nenhuma dessas razões, senhor — respondeu Aladim. — Deixei-a assim de propósito.

— De propósito? E por quê?

— Porque desejei reservar-vos a glória de terminar este salão e, por conseguinte, o palácio. Rogo-vos que reconheçais minha boa intenção e que mandeis vossos ourives terminarem esta janela.

— O sultão sorriu, lisonjeado e impressionado com a delicadeza de sentimentos do seu genro.

— Se assim é, concordo de muito bom grado e darei imediatamente as ordens para isso.

Dali mesmo mandou chamar os melhores e mais ricos ourives da cidade. Depois, desceu com Aladim e todos os seus acompanhantes para o salão de jantar, onde lhes foi servido um banquete. O monarca confessou, ao final, que nunca havia comido tão bem, nem bebido tão excelente vinho.

Quando se levantava da mesa, anunciaram-lhe que os ourives acabavam de chegar. Subiu novamente ao salão das 24 janelas e mostrou-lhes a que estava inacabada.

— Chamei-os para que terminem esta janela. Quero-a em tudo idêntica às outras. Mãos à obra e façam um trabalho perfeito.

Os ourives examinaram detidamente as outras janelas, demonstrando o maior assombro. Depois de confabularem, apresentaram-se novamente ao sultão.

— Senhor — disse um deles —, estamos prontos para empregar todos os nossos esforços na tarefa de que nos incumbistes. Mas nem todos nós juntos temos pedras em quantidade e qualidade necessárias para executar tão prodigioso trabalho.

— Venham ao meu palácio — respondeu o sultão. — Poderão escolher as gemas de que precisam no meu tesouro.

Ao voltar ao palácio, o sultão mandou buscar as suas pedras e deixou que os ourives escolhessem à vontade. Para sua aflição, viu que eles separavam justamente aquelas que Aladim lhe dera de presente e que eram as melhores. Mas como não podia faltar à promessa feita ao genro, deixou que as levassem.

Protegidos por uma escolta, os ourives transportaram as pedras e começaram o trabalho. Este, no entanto, parecia não progredir. As pedras acabaram e eles voltaram para buscar outra remessa. Ao fim de um mês, não tinham feito nem a metade do serviço, e o sultão já pedia pedras emprestadas ao seu grão-vizir.

Aladim, vendo que o sultão se esforçava inutilmente por tornar aquela janela igual às outras, foi ter com os artesãos e lhes disse:

— Cessem o trabalho. Desfaçam o que já foi feito e devolvam ao sultão e ao grão-vizir as suas pedras.

Os ourives desfizeram em poucas horas o trabalho de seis semanas e, sentindo certo alívio, retiraram-se.

Tão logo haviam saído, Aladim pegou a lâmpada maravilhosa e chamou o gênio.

— Gênio, pedi que deixasse uma das 24 janelas do salão da cúpula inacabada. Agora, eu o chamei para que a torne igual às outras.

Enquanto isso, os ourives chegavam ao palácio real e se apresentavam ao sultão. Um deles disse:

— Senhor, aqui tendes as vossas pedras e as do grão-vizir. Embora a obra já estivesse bastante adiantada, vosso genro Aladim mandou que cessássemos o trabalho e desfizéssemos tudo o que tínhamos feito.

— Ele lhes explicou a razão? — perguntou o soberano.

— Não, senhor. Ignoramos o motivo.

O sultão deu ordem para que lhe trouxessem o cavalo e, seguido de pequena escolta, rumou para o palácio de Aladim. Ao chegar, apeou e subiu sem se fazer anunciar. Mas Aladim teve ainda tempo de correr para recebê-lo.

— Meu filho, venho perguntar-lhe por que resolveu deixar inacabado o magnífico salão.

Como não podia dizer que o sultão não tinha pedras suficientes e adequadas, pois iria melindrá-lo, Aladim respondeu de outra forma:

— Senhor, não está mais imperfeito. Suplico-vos que venha verificar com vossos próprios olhos.

Subiram até o salão e o monarca foi diretamente até a janela inacabada. Boquiaberto, comprovou que de fato estava absolutamente igual às outras. Abraçou Aladim e disse:

— Filho, como pode realizar tantas maravilhas num abrir e fechar de olhos? Quanto mais o conheço, mais me surpreende. E quanto mais me surpreende, mais o admiro.

— Senhor — respondeu Aladim —, é grande a honra de merecer a vossa admiração. Só posso, em retribuição, prometer-vos que tudo farei para merecê-la cada vez mais.

O sultão voltou satisfeito ao palácio. Tinha de novo as suas pedras e trazia uma emoção nova. Apressou-se a relatar o caso ao grão-vizir. Este confirmou as suas dúvidas de que o palácio de Aladim era obra de encantamento. Quis prevenir sobre isso o sultão, mas foi interrompido:

— Vizir, você já disse isso uma vez. Vejo que ainda não esqueceu o malogrado casamento da minha filha com o seu filho.

Toda manhã, ao se levantar, a primeira coisa que o sultão fazia era ir até a janela do seu gabinete para contemplar o palácio de Aladim. Sentia orgulho de ter como genro homem tão prodigioso.

A volta do mágico africano

Ao lado da princesa Badrulbudur, em seu palácio encantado, Aladim viveu em completa felicidade durante alguns meses.

Não passava o tempo todo em casa. Visitava regularmente o sultão, o grão-vizir e os principais cortesãos, e frequentava com assiduidade as mesquitas.

Toda vez que saía, dois escravos iam ladeando o seu cavalo e atirando moedas de ouro pelas ruas e praças por onde passava. E não havia pobre que se apresentasse à porta do palácio e saísse de mãos vazias. Sua generosidade era conhecida e abençoada em toda a cidade.

Seu divertimento predileto era a caça. Aladim dividira o seu tempo de tal forma que pelo menos uma vez por semana fosse caçar nas vizinhanças da cidade ou mais longe.

Fora da cidade, não era menos pródigo de esmolas nas estradas e nas aldeias. De modo que, em pouco tempo, tornou-se quase tão popular quanto o sultão e até mais amado do que este. Não despertava, porém, ciúmes no sogro, pois conservava-se modesto e discreto.

A essas qualidades, acrescentava uma constante preocupação de ser útil ao país. Demonstrou isso por ocasião de uma revolta nos confins do reino. Mal soube que o sultão reunia um exército para combatê-la, ofereceu-se para comandá-lo. Obteve não só o que pedia, mas também carta branca para agir como melhor achasse.

À frente da tropa, Aladim conseguiu evitar o derramamento de sangue e apaziguar os revoltosos mediante o atendimento das suas justas reclamações. Os próprios rebeldes, no final, o aclamaram e deram vivas ao sultão por ter enviado representante tão compreensivo.

Este feito celebrizou ainda mais o nome de Aladim. Todo o reino o aplaudiu pelo seu espírito de liderança e justiça. O sultão fez um elogio público à sua conduta. Nada disso, porém, alterou a sua modéstia.

Havia alguns meses que Aladim levava essa vida quando o mágico que, sem querer, lhe proporcionara os meios de atingir tão elevada posição, dele se lembrou na África, para onde voltara anos antes.

Embora convencido de que Aladim morrera preso no subterrâneo onde o deixara, um dia o mágico quis saber com certeza qual fora o seu fim. Tirou do armário uma caixa de forma quadrada cheia de areia, da qual se servia para as suas artes de geomancia, e sentou-se para consultá-la.

O que a caixa lhe revelou fez o fogo da cólera subir ao seu rosto. Em vez de estar morto no subterrâneo, Aladim vivia em grande esplendor, poderosamente rico, honrado, respeitado e casado com uma bela princesa.

— Bandido! — exclamou. — O miserável deve ter descoberto o segredo da lâmpada! De simples filho de alfaiate, tornou-se príncipe rico e poderoso.

O mágico pôs-se a andar de um lado para o outro, espumando de ódio.

— Depois de todos os meus anos de estudos e trabalhos para localizar a lâmpada, é ele quem goza dos seus benefícios. Ah, mas encontrarei um meio de acabar com a sua felicidade. Hei de destruí-lo, custe o que custar.

No mesmo dia comprou um bom cavalo e pôs-se a caminho. De cidade em cidade e de país em país, chegou quase sem parar à capital do reino onde morava Aladim. Hospedou-se num albergue e cuidou, antes de tudo, de descansar da longa viagem.

No dia seguinte, entrou num dos restaurantes mais frequentados da cidade. Queria obter informações sobre o rival. Sentou-se, pediu chá e ficou escutando as conversas que se desenrolavam à direita e à esquerda. Por sorte, numa mesa próxima, falava-se justamente do palácio de Aladim. Dirigiu-se aos que conversavam:

— Desculpem interrompê-los, senhores. Podem satisfazer uma curiosidade minha? Que palácio é esse de que tanto se fala na cidade?

Os interlocutores entreolharam-se, espantados.

— De onde vem, senhor? — perguntou um deles. — Deve vir de muito longe para nunca ter ouvido falar no palácio do príncipe Aladim.

Já não era simplesmente Aladim, mas príncipe Aladim. O mágico mal conteve a sua ira.

— Perdoem a minha ignorância — disse. — Cheguei ontem da África, onde a fama do palácio do príncipe Aladim ainda não é conhecida.

— Não lhe digo que é uma das maravilhas do mundo — continuou o outro — porque é a maior delas. Nunca se viu coisa igual em arte e riqueza.

— E esse príncipe Aladim é filho do sultão? — indagou o mágico, fingindo ignorância.

— Genro. Casou-se com a princesa Badrulbudur, cuja beleza é digna do palácio em que vive.

"Nesse caso", pensou o mágico, "Aladim é, além de tudo, o herdeiro do trono. Até onde chegou esse maldito mendigo à minha custa!"

— Senhores, estou curioso de ver de perto tão magnífico palácio, para dele levar notícia até meu país. Poderiam ensinar-me o caminho para chegar até ele?

— Muito fácil. Fica bem defronte ao palácio do sultão.

O mágico agradeceu e rumou para o lugar indicado. Depois de contemplar o palácio de perto, convenceu-se de que Aladim havia se servido do gênio da lâmpada para construí-lo. De maneira nenhuma aquilo podia ser obra humana.

"E dizer que tudo isso poderia ser meu, inclusive a filha do sultão", murmurou.

Amaldiçoando a sorte de Aladim, regressou à hospedaria, para traçar um plano de vingança.

Era preciso, em primeiro lugar, saber onde se achava a lâmpada maravilhosa, ou seja, se Aladim a transportava sempre com ele ou a guardava no palácio. Para isso, o mágico recorreu novamente à geomancia. Pegou a caixa de areia, que o acompanhava em todas as viagens e, feitos os cálculos, descobriu que a lâmpada se encontrava em um nicho numa sala do palácio. Deu um sorriso de satisfação.

"Desafio Aladim a impedir que eu me aposse da lâmpada", pensou.

Precisava agora tomar informações sobre os hábitos de Aladim. Com esse objetivo, procurou o próprio porteiro da hospedaria. Disse-lhe que tivera a oportunidade de ver o palácio de Aladim e ficara vivamente impressionado.

— Não gostaria de ir embora sem conhecer o homem a quem pertence tão extraordinária construção — continuou. — Mas temo que, rico e poderoso como é, não se digne a receber em seu palácio um modesto mercador vindo de terras distantes.

— Engana-se, meu senhor — respondeu-lhe o porteiro. — Aladim é um homem simples e acessível. Só que há três dias está ausente da cidade, caçando nas florestas. A caça é a sua paixão.

O rosto do mágico iluminou-se.

— E quando voltará?

— Não sei. Provavelmente a caçada durará uns oito dias, pois soube que desta vez ele foi mais longe do que de costume.

O mágico retirou-se para o seu quarto esfregando as mãos de contentamento. A sorte estava a seu favor.

"Tenho que agir logo", pensava. "Não posso deixar a ocasião escapar."

E passou a noite estudando um plano para se apoderar da lâmpada maravilhosa.

O roubo da lâmpada

Na manhã seguinte, logo que o comércio abriu, o mágico africano dirigiu-se à loja de um fabricante de lâmpadas.

— Quero uma dúzia das melhores lâmpadas que tiver — pediu.

O dono da loja, satisfeito de começar tão bem o dia, não perdeu tempo indagando para que o homem precisava de tantas lâmpadas. Trouxe as mais caras que tinha, somente compradas pelos mais ricos, e colocou tudo dentro de um saco, conforme o desejo do freguês. O mágico pagou e saiu.

Dali rumou diretamente para as imediações do palácio de Aladim. Começou então a apregoar a mais estranha proposta já ouvida na cidade:

— Quem quer trocar lâmpadas velhas por novas?

As crianças que brincavam na praça o cercaram e puseram-se a troçar dele. Os transeuntes riam, achando que ele estava louco.

Mas o mágico não se incomodou com as zombarias e continuou apregoando:

— Quem quer trocar lâmpadas velhas por novas? Troque a sua lâmpada antiga e enferrujada pela mais bonita e cara que existe hoje, sem gastar um só níquel.

Logo apareceu uma mulher à janela de uma casa e, na dúvida sobre se ele estava falando sério ou era doido varrido, gritou:

— O que é que o senhor está oferecendo aí?

O mágico aproximou-se.

— Lâmpadas novas por velhas, minha senhora. Veja que beleza.

E tirou uma do saco para mostrá-la. A mulher arregalou os olhos.

— O senhor é louco ou o quê?

— Colecionador, minha senhora.

— Não exige nenhum dinheiro de volta?

— Nada.

Mais que depressa, a mulher foi buscar muito alegre a sua lâmpada velha e fez a troca. O mágico meteu a lâmpada que recebera dentro do saco sem nem olhar, coisa que nunca faria um colecionador, e continuou apregoando pela praça, enquanto as crianças faziam enorme algazarra à sua volta.

O rebuliço acabou chamando a atenção da princesa Badrulbudur, que naquele momento bordava no salão das 24 janelas. Mandou uma escrava ir à janela verificar o que era aquilo. A escrava voltou rindo.

— Por que ri assim? — perguntou-lhe a princesa.

— Quem não riria, princesa, vendo um louco com um saco às costas cheio de lâmpadas novas, oferecendo-as em troca de lâmpadas velhas? Segura bem alto uma delas na mão para provar que está falando sério.

— Deve ser um colecionador, ou coisa parecida — observou a princesa. — E essa algazarra toda?

— São as crianças que zombam dele.

— Princesa — disse outra escrava —, a senhora bem que podia aproveitar a oportunidade e mandar trocar aquela lâmpada do nicho, que não presta nem mais para acender. É a única coisa enferrujada que existe neste palácio.

A coisa enferrujada de que a escrava falava era a lâmpada maravilhosa, responsável pelo palácio inteiro. Ao sair para uma ausência de oito dias, Aladim, por esquecimento ou por julgar que ninguém se lembraria dela, deixara-a no nicho, em vez de guardá-la cuidadosamente. Essa negligência era compreensível, pois nem mais se lembrava do mágico africano que um dia se fizera passar por seu tio.

Badrulbudur, que ignorava o valor da lâmpada, consentiu na troca, sem ao menos levantar os olhos do bordado, e mandou que a própria escrava procurasse o mercador. Esta assim o fez. Desceu, apanhou a lâmpada, foi até a porta do palácio e chamou o desconhecido.

— Se o que está apregoando é verdade, tome esta lâmpada e dê-me outra nova — disse-lhe.

O mágico percebeu imediatamente que era a lâmpada que tanto desejava. Não podia haver outra como aquela no palácio de Aladim, onde tudo era de ouro e prata. Agarrou-a

com tal sofreguidão que deixou a escrava espantada. Para disfarçar o seu gesto precipitado, apresentou-lhe o saco aberto para que ela escolhesse a que achasse mais bonita.

Mal a troca foi efetuada, as crianças redobraram as zombarias, ridicularizando um homem tão estúpido. O mágico, porém, não viu mais razão para continuar ali divertindo-as com seu pregão. Logo que a escrava entrou no palácio, afastou-se rapidamente e enveredou por ruas menos frequentadas, onde a um canto abandonou o saco de lâmpadas.

Com a lâmpada maravilhosa escondida sob as vestes, comprou algumas provisões e tomou o caminho de uma das portas da cidade. Depois de atravessá-la, desviou-se e procurou um lugar isolado no campo, ao abrigo do sol.

Ali, fora da vista de todos, passou o resto do dia, aguardando com impaciência a hora de entrar em ação. Quando enfim a noite caiu, pegou a lâmpada e esfregou-a.

Imediatamente o gênio apareceu-lhe.

— Que desejais? — perguntou — Aqui estou pronto para obedecer-vos, como vosso escravo e de todos os possuidores desta lâmpada.

Com os olhos brilhando de satisfação e maldade, disse o mágico:

— Ordeno-lhe que, imediatamente, faça transportar o palácio que você e os outros escravos da lâmpada construíram, com todos os que nele se encontram e comigo, para a África.

A cólera do sultão

Naquela manhã, quando o sultão, como de costume, chegou à janela do seu gabinete para contemplar o palácio de Aladim e da princesa, viu apenas um terreno vazio, como antigamente.

Julgou que era enganado pela vista e esfregou os olhos, mas não enxergou mais do que da primeira vez. Pensou que talvez o palácio estivesse encoberto pela névoa, mas o céu estava límpido. Imaginou a hipótese catastrófica de que tivesse desabado ou sido engolido pela terra, mas não via sinal de uma coisa nem de outra. Apenas um terreno vazio, como se nunca tivesse existido ali construção alguma.

O espanto do sultão foi tão grande que ele ficou longo tempo à janela olhando para o terreno, sem compreender como um palácio podia desaparecer sem deixar vestígio. Finalmente, uma luz atravessou-lhe o espírito e ele concluiu que o responsável por aquilo só podia ser um: o próprio Aladim. Agora compreendia tudo. Aladim era um mágico que o enganara com miragens para lhe roubar a filha.

Pálido de cólera, o sultão voltou aos seus aposentos e mandou chamar imediatamente o grão-vizir. Este, mal se levantara, acabou de se vestir às pressas e foi atendê-lo. No caminho nem teve tempo de saber a causa do alvoroço em que se encontrava o palácio. Cortesãos, guardas e criados corriam de um lado para o outro, levando ou trazendo a novidade. Ninguém conseguia explicar o fantástico desaparecimento do palácio de Aladim, com a princesa dentro e todos os demais.

— Às vossas ordens, Majestade — disse o grão-vizir ao entrar nos aposentos reais.

— Vizir, onde está o palácio de Aladim? — perguntou severamente o sultão.

O grão-vizir achou que ele tinha perdido o juízo.

— Onde foi construído, Majestade. Um palácio não muda de lugar.

— Não? Pois então vá até a janela do meu gabinete e volte para me dizer o que viu.

O grão-vizir obedeceu sem entender e, quando olhou da janela, ficou boquiaberto. Voltou a largos passos para junto do sultão.

— Então, viu o palácio? — indagou o monarca.

— Senhor, haveis de lembrar-vos que mais de uma vez vos adverti de que esse palácio e todas as suas impossíveis riquezas não passavam de obra mágica, mas não quisestes dar-me ouvidos.

— Sim, vejo que estava com a razão. Mas Aladim pagará com a vida por este crime. Onde está esse impostor, para que eu lhe mande decepar a cabeça?

— Ele se despediu de vós há alguns dias dizendo que ia à caça, senhor. Esperai que ele chegue e perguntai a ele onde está seu palácio, pois só ele deve saber.

— Esperar? Mande trinta dos meus soldados irem à sua procura e que tragam Aladim acorrentado à minha presença.

A ordem foi prontamente transmitida.

O sultão andava furioso, andando de um lado para outro, aos berros.

— Minha filha! Minha pobre e amada filha! Que terá acontecido com ela?

Os soldados encontraram Aladim ainda muito longe da cidade, mas já de volta da caça.

Ao seguir as instruções do grão-vizir sobre a maneira como devia executar a missão para que Aladim não tentasse escapar, o oficial que comandava o destacamento fez alto diante dele e disse:

— Príncipe Aladim, o sultão está impaciente por revê-lo e mandou esta escolta para acompanhá-lo até a cidade.

Sem desconfiar de nada, Aladim sentiu-se desvanecido com a gentileza do sogro e continuou a marcha. Entretanto, quando chegou a meia milha da cidade, viu-se cercado pela escolta e o oficial dirigiu-lhe a palavra nos seguintes termos:

— Príncipe Aladim, com grande pesar eu o aviso de que é prisioneiro nosso por ordem do sultão.

Aladim deteve o cavalo, surpreso.

— Prisioneiro? Que está dizendo, homem?

— Infelizmente, é verdade — respondeu o oficial. — Peço-lhe que não nos queira mal, príncipe, apenas cumprimos o nosso dever.

— Que fiz eu? Pode pelo menos informar de que me acusam?

— Temos ordem de nada dizer e de levá-lo acorrentado.

Aladim, indignado, apeou e disse:

— Pois bem, aqui estou. Execute as ordens do sultão e me acorrente. Juro, porém, que sou inocente de qualquer crime cometido, seja contra a pessoa do sultão, seja contra o Estado.

Passaram-lhe uma corrente em volta do tronco e do pescoço, imobilizando seus braços. Somente as pernas ficaram livres, para que caminhasse até a cidade. Um dos soldados segurou a extremidade da corrente, e o oficial, colocando-se à frente da escolta, deu a ordem para que prosseguissem a marcha.

Os primeiros habitantes dos subúrbios da cidade logo reconheceram o prisioneiro e se indagaram por qual razão Aladim estaria acorrentado e a pé, como um criminoso vulgar. Sabiam das notícias de que seu palácio havia desaparecido misteriosamente com a princesa dentro, mas tinham certeza de que ele não era o culpado.

Pelo tratamento humilhante que lhe davam, não duvidaram de que o sultão mandaria decepar a sua cabeça. E sendo Aladim amado pelo povo, que o tinha como protetor, ficaram revoltados. Empunharam alfanjes, facas, paus, pedras e tudo o mais que pudesse servir de arma e passaram a seguir a escolta, gritando:

— Soltem Aladim! Queremos Aladim livre!

Os soldados que se achavam na retaguarda voltaram-se para pô-los em fuga, mas os populares não recuaram, e seu número foi aumentando tanto que preferiram fingir que os ignoravam. Trêmulos de medo de que a turba enfurecida lhes arrebatasse Aladim e ansiosos para chegar logo ao palácio, os soldados continuavam avançando pelas ruas.

Conseguiram, com grande alívio, alcançar a praça do palácio. Ali enfileiraram-se para enfrentar a multidão que gritava e brandia suas armas, até que o oficial e o soldado que conduziam Aladim tivessem entrado no palácio. Logo que isto foi feito, também entraram rapidamente e fecharam os portões.

Aladim foi levado à presença do sultão. Este, quando o viu, berrou colérico:

— Ah, finalmente chegou! Pensei que me tivesse escapado. Pagará com a vida a sua afronta, impostor. Tragam o carrasco!

Espantado com o tom do sultão, Aladim pediu humildemente:

— Senhor, suplico-vos dizer-me qual foi o meu crime.

— E ainda pergunta qual foi o seu crime, bandido? Por acaso não sabe? Pois venha comigo e lhe mostrarei.

Aladim seguiu-o até a janela do gabinete.

— Onde está o seu palácio? — perguntou o sultão.

Aladim olhou e empalideceu. Não existia mais o seu palácio. Sem poder imaginar de que modo desaparecera, ficou tão confuso que não conseguiu responder ao sultão.

— Então, feiticeiro? — continuou o sultão. — Construiu o seu palácio por mágica e por mágica deu sumiço nele.

Aladim balbuciou:

— Senhor, bem vejo que o meu palácio desapareceu e não posso vos dizer o que foi feito dele. Mas juro a vós que sou inocente.

— Não me importa o que aconteceu com o seu palácio — berrou o sultão. — O que me importa é a minha filha. Onde está minha filha?

Aladim não sabia o que responder.

— Não fala? Cortem-lhe a cabeça! — gritou o monarca.

O carrasco aproximou-se e estendeu sobre o chão um tapete manchado de sangue de outros criminosos executados. Tirou a corrente de Aladim e mandou que se ajoelhasse. Em seguida, ergueu os braços segurando o alfanje, e aguardou que o sultão desse o sinal.

A ajuda providencial

Nesse momento, o grão-vizir entrou pálido e aflito na sala.

— Senhor — disse —, eu vos aconselharia a pensar duas vezes antes de executá-lo, pois correis o risco de ver o vosso palácio destruído.

— Como? — indagou o sultão, perplexo. — Quem ousa ameaçar-me assim?

Rapidamente, o grão-vizir colocou-o a par dos acontecimentos. A multidão enfurecida havia vencido a resistência dos guardas e galgava os muros do palácio.

— Suplico-vos que da sacada verifiqueis com vossos próprios olhos a verdade do que digo — concluiu.

Mais encolerizado ainda diante daquele novo problema, o sultão chegou até a sacada. Porém, à vista dos revoltosos, acalmou-se imediatamente.

— Talvez tenha sido mesmo um pouco precipitado. Deus sabe que faço tudo isso por amor à minha filha. Retire-se! — gritou para o carrasco.

Em seguida, ordenou que os arautos anunciassem que o sultão decidira conceder clemência a Aladim.

Diante dessa notícia, os rebeldes desistiram de invadir o palácio e voltaram para a praça. Em pouco tempo a multidão se desfez e todos se retiraram para as suas casas, contentes por terem salvo a vida de Aladim.

O sultão, aproximando-se de Aladim, disse:

— Dou-lhe uma oportunidade, impostor. Descubra onde se encontra a minha filha e traga-a de volta. Do contrário, mandarei cortar a sua cabeça.

— Senhor — respondeu Aladim —, suplico-vos conceder-me quarenta dias para procurá-la. Se nesse prazo não a encontrar, eu vos dou a minha palavra de que me entregarei a vós para que façais de mim o que quiserdes. E posso assegurar-vos que me fareis grande favor de mandar cortar a minha cabeça, pois não terei mais gosto em viver sem a princesa.

— Concedo-lhe o prazo que me pede. Mas não pense em abusar da minha generosidade e fugir, pois saberei descobri-lo onde quer que se esconda.

Aladim retirou-se humilhadíssimo. Atravessou de cabeça baixa as salas e os corredores, sem ousar levantar os olhos para ninguém. Todos no palácio real o estimavam e sentiram pena dele, mas esquivaram-se de consolá-lo, por temor ao sultão.

Nenhum consolo, todavia, poderiam oferecer-lhe, pois o rapaz estava completamente transtornado. Demonstrou isso quando, já fora do palácio, saiu de porta em porta perguntando se não tinham visto o seu palácio.

Por três dias perambulou pela cidade como um louco, repetindo sempre a mesma pergunta. Não faltava quem lhe oferecesse comida e teto, mas recusava tudo. Só comeria e dormiria quando encontrasse a princesa. Além dela, perdera a mãe que tanto amava e que com ele morava no palácio.

Finalmente, vendo que era inútil procurar qualquer notícia do palácio na cidade, tomou a rota mais movimentada para prosseguir as buscas no interior. A todos os viajantes perguntava se não tinham visto o seu palácio. Mas eles apenas o tomavam por louco e saíam rindo às gargalhadas.

Ao cair da noite, chegou à margem de um rio. Sentou-se à beira da água e pôs-se a lamentar a sua sorte. Que teria acontecido? Teria a lâmpada maravilhosa algo a ver com o desaparecimento do palácio? Mas quem, além dele, conhecia o segredo e faria aquilo? Que rumo tomar? Era inútil insistir. Nunca mais veria a sua princesa.

Desesperado, Aladim pensou em dar um fim à vida, atirando-se ao rio. Foi contido pelo temor a Deus. Depois de chorar amargamente, curvou-se sobre a água para lavar o rosto e matar a sede. Ao mergulhar a mão na água, lembrou-se de uma coisa que fez o seu coração bater fortemente. O anel! Havia se esquecido completamente do anel encantado que uma vez lhe salvara a vida.

Aladim sentiu que as esperanças voltavam. Trêmulo de emoção, contemplou por alguns momentos o anel no dedo, pediu a Deus que o ajudasse e, prendendo a respiração, esfregou-o.

No mesmo instante apareceu o gênio que encontrara no subterrâneo, quando garoto.

— Que desejais? — perguntou o gênio — Aqui estou pronto para obedecer-vos, como vosso escravo e de todos os possuidores deste anel.

Contentíssimo, Aladim não perdeu tempo:

— Gênio, salve-me a vida pela segunda vez, trazendo de volta o meu palácio onde quer que se encontre.

— O que me pedis é impossível. Não tenho o poder de desfazer o que foi feito por um companheiro. Dirigi-vos ao escravo da lâmpada.

A alegria morreu no rosto de Aladim. Mas logo resolveu o problema:

— Nesse caso, leve-me ao lugar onde está o palácio e me deixe sob a janela dos aposentos da princesa Badrulbudur.

— Isto eu posso fazer, senhor. Vossa ordem será cumprida.

Imediatamente Aladim se viu arrebatado para os ares por mãos invisíveis. Como se fosse um pássaro, sobrevoou campos, cidades e mares a espantosa velocidade. De repente, começou a descer no meio de uma planície próxima de uma grande cidade. A uma altura menor, reconheceu o vulto do seu palácio e pousou exatamente onde pedira.

Como a escuridão era completa e a noite ia avançada, achou conveniente esperar até o amanhecer. Afastou-se um pouco e sentou-se ao pé de uma árvore. Ali, cheio de esperança, tranquilizou-se pela primeira vez desde que fora preso e levado à presença do sultão. Por algum tempo ficou pensando na emoção de rever a princesa e a mãe. Depois, como já estava há várias noites sem dormir, foi vencido pelo cansaço e adormeceu tranquilamente.

Acordou ao despontar do dia, com o ruído dos pássaros na copa da árvore. Demorou um pouco a reconhecer a situação em que se achava e, quando se lembrou de tudo, voltou rapidamente a cabeça na direção do palácio, para se certificar de que não havia sonhado. Mas o palácio lá estava, com todo o seu esplendor arquitetônico. Como teria ido parar ali? Depois das palavras do gênio do anel, Aladim convenceu-se de que alguém fizera uso da lâmpada maravilhosa para lhe roubar tudo o que lhe pertencia. Mas quem? Tudo compreenderia se soubesse o lugar em que se encontrava. Bastaria o nome "África" para fazê-lo lembrar-se do mágico que um dia o sepultara vivo. Recriminando a si mesmo pela negligência com a lâmpada, levantou-se e colocou-se sob as janelas do aposento da princesa, à espera de que nelas aparecesse alguém.

A vida de Badrulbudur tornara-se um pesadelo desde que se vira raptada e transportada, com palácio e tudo, para um lugar desconhecido, que depois veio a saber ser a África. Não comia nem dormia direito e passava o tempo chorando a sua desgraça, que sequer chegava a compreender. Além de tudo, tinha que suportar a presença do seu repelente raptor. Este queria por força fazer dela sua mulher. Com promessas e ameaças, tentava convencê-la a esquecer o marido distante, a quem nunca mais veria. Mas tão energicamente Badrulbudur repelia as suas propostas, que o mágico ainda não ousara instalar-se nos aposentos da princesa. Achava que com o tempo ela mudaria de ideia.

Não menos desesperada do que a princesa estava a mãe de Aladim. Reconhecera no mágico que as fizera prisioneira o falso cunhado que um dia aparecera em sua casa. Mas preferira ocultar o fato à princesa, para não preocupá-la ainda mais, pois sabia das maldades de que aquele homem era capaz. Tinha esperanças de que Aladim viria salvá--las, e para isso rezava o dia inteiro.

Naquela manhã, como de costume desde que fora raptada, a princesa acordou cedo, depois de mais uma noite mal dormida. Estava terminando de se vestir quando uma das aias que a ajudavam foi abrir as cortinas das janelas e soltou um grito.

— Que foi? — perguntou a princesa, assustada.

— Princesa, se meus olhos não me enganam, vi o príncipe Aladim lá embaixo.

Badrulbudur sentiu que seu coração parava de bater e correu aflita para a janela. Ao ver Aladim, acenou-lhe vivamente.

— Nada mais precisa temer, princesa — disse Aladim. — Vim salvá-la.

— Eu sabia que você me encontraria! Mas cuidado, o homem que me tem prisioneira é terrível e poderoso. Como subirá até aqui sem que ele veja?

— Sabe o tapete que está na parede diante do leito?

— Sim.

— Afaste-o e abra a porta que se esconde atrás dele. A ela vai dar uma escada secreta.

Enquanto a princesa entrava para executar aquela tarefa, Aladim empurrou a parede do palácio em determinado ponto. Sob a pressão das suas mãos, uma porta se abriu e apareceu uma escada por onde subiu.

Em poucos instantes estava dentro dos aposentos da princesa.

O fim do mágico

Foi grande a emoção do reencontro. Marido e mulher se abraçaram e se beijaram repetidas vezes, entre lágrimas de alegria. Depois, Aladim fez Badrulbudur sentar-se ao seu lado no divã e disse:

— Princesa, antes de mais nada preciso que me diga o que aconteceu com a velha lâmpada que deixei num nicho antes de partir para a caçada.

— Ah, meu marido, bem sei que as nossas desventuras provêm do que aconteceu com essa lâmpada. E eu sou a única culpada.

— Não se culpe, princesa — disse Aladim. — Você ignorava o valor dela. O culpado fui eu, que devia tê-la guardado com mais cuidado. Mas agora tratemos de remediar a perda. Conte-me tudo o que se passou e em que mãos ela caiu.

Badrulbudur narrou então a Aladim o caso da troca da lâmpada velha por outra nova e concluiu:

— Naquela mesma noite, sentimos o palácio estremecer. Corremos às janelas e não vimos mais o palácio do meu pai nem a cidade. Parecia que estávamos em pleno ar. Não tardou que sentíssemos outro estremecimento e tudo ficou quieto. Adivinhamos que o palácio fora roubado e que nos encontrávamos numa terra desconhecida. No dia seguinte, nosso raptor apresentou-se a mim, e da sua própria boca fiquei sabendo que estávamos na África. A escrava que trocara a lâmpada reconheceu nele o mesmo homem que apregoava defronte ao palácio.

— África, você disse? Descreva-me esse homem.

A princesa descreveu-o com exatidão e Aladim concluiu que não podia ser outro a não ser o mágico africano.

— Princesa — disse —, conheço esse indivíduo. É um homem pérfido e traiçoeiro. Mas saberei encontrar um meio de vencê-lo. Diga-me: sabe onde ele guarda a lâmpada?

— Ele a carrega sempre sob as vestes. Sei disso porque ele a exibiu para mim, triunfante, dizendo que de posse daquele objeto mágico eu estava em suas mãos, e que não seria tão descuidado quanto você fora.

— Temos de reavê-la a qualquer custo. Só a lâmpada maravilhosa poderá salvar-nos. Peço-lhe agora que me diga os hábitos desse homem, as horas em que a visita e como a trata.

— Desde que me tem prisioneira, apresenta-se a mim uma vez por dia. Obtém pouca satisfação das suas visitas, porque eu o trato mal. Mas insiste em cortejar-me. Quis convencer-me de esquecer você, dizendo que meu marido estava morto, pois meu pai lhe mandara cortar a cabeça. Também disse que você era um ladrão e que tudo o que tinha fora tomado dele. Como só recebe de mim ameaças e demonstro total aversão à sua presença, retira-se tão pouco satisfeito como entra. Ah, querido, não imagina como me tranquiliza a sua chegada. Já estava morta de medo de que esse monstro usasse de violência contra mim.

Aladim refletiu por alguns momentos e disse:

— Princesa, creio ter encontrado o meio de nos livrarmos desse homem. Para isso é preciso que eu vá à cidade. Voltarei ao meio-dia e lhe explicarei meu plano, além do que deverá fazer para que ele não falhe. Não se espante de me ver voltar disfarçado e dê a ordem para que abram a porta secreta quando ouvirem três pancadas.

Antes de sair, mandou chamar sua mãe. A viúva quase desmaiou de felicidade ao rever o filho. Depois de tranquilizá-la e instruí-la para que se comportasse como se nada tivesse acontecido, a fim de não levantar suspeitas no mágico, Aladim partiu.

No caminho da cidade, cruzou com um camponês e propôs-lhe trocar suas vestes pelas dele. Se bem que maltratadas e sujas, pelos dias que passara perambulando, as roupas de Aladim eram ricas. O camponês não hesitou e aceitou imediatamente a troca.

Assim disfarçado, Aladim entrou na cidade e procurou uma drogaria. Dirigiu-se ao vendedor e perguntou se tinha certo pó cujo nome deu. O mercador, julgando pelas suas vestes que ele não tinha dinheiro, respondeu que sim, mas que era muito caro. Aladim exibiu-lhe então um saquinho cheio de moedas de ouro. O mercador pesou o pó e por ele pediu uma moeda. Aladim pagou, comeu qualquer coisa ali por perto e voltou ao palácio. Conforme combinado, bateu três vezes na porta secreta, que lhe foi aberta.

— Princesa — disse ele —, bem sei a aversão que esse homem lhe causa. Mas para o bom êxito do meu plano é preciso não só que o suporte, mas que finja dar-lhe esperanças. Console-se com a ideia de que é para se livrar de uma vez da sua perseguição que irá dissimular.

— Farei tudo o que você me pedir e achar necessário — respondeu Badrulbudur.

— Muito bem. Peço-lhe que se vista hoje luxuosamente e o receba da melhor forma possível, sem constrangimento, de maneira que fique, porém, sempre uma sombra de aflição, que ele perceberá e achará que se dissipará com o tempo. Durante a conversação, diga-lhe que está seguindo seu conselho e fazendo todos os esforços para me esquecer. E para que acredite na sua sinceridade, convide-o para jantar com você e diga que gostaria de provar o melhor vinho do país. Ele não hesitará em sair para buscá-lo. Enquanto o espera, coloque este pó numa taça igual às que estiverem à mesa e avise uma das aias que a traga para você quando lhe der um sinal, e a substitua pela sua sem que o convidado perceba. Ela que cuide de não se enganar. Quando isto for feito, no decorrer do jantar, proponha ao mágico trocar a sua taça pela dele. Ele se sentirá tão lisonjeado com esse gesto que aceitará com prazer. Mal tenha tomado o primeiro gole, cairá ao chão fulminado. Isto a poupará da repugnância de beber da taça dele, e então aparecerei para fazer o resto.

Depois de entregar-lhe o pó e recomendar-lhe todo o cuidado com droga tão poderosa, Aladim despediu-se da princesa e foi passar o resto do dia escondido perto do palácio, esperando a noite para entrar pela porta secreta.

Badrulbudur, que se descuidara da sua aparência desde o dia do rapto, ordenou às aias que a penteassem e a vestissem com esmero, e a adornassem de colares, pulseiras e anéis. Quando as escravas terminaram de aprontá-la, a beleza da moça ressurgiu em todo o seu esplendor.

O mágico compareceu à hora habitual. Ao vê-lo entrar no salão das 24 janelas, onde o esperava, a princesa levantou-se e sentiu o efeito que nele produziu a sua nova aparência. Em seguida, demonstrando uma cortesia que ele nunca recebera dela, convidou-o a se sentar ao seu lado no divã. O mágico ficou agradavelmente surpreso.

— Estive pensando nas suas palavras — começou a moça. — Sempre fui alegre e não gosto de cultivar a tristeza. Procuro afugentar os aborrecimentos. Aladim realmente deve estar morto, pois conheço a ira do meu pai. As minhas lágrimas não o farão ressuscitar. Assim sendo, com a consciência tranquila de ter sido uma boa esposa para ele, devo buscar outra razão para ser feliz. Quem sabe não a encontrarei em sua companhia?

Vaidoso como era, o mágico exultou ao ouvir aquelas palavras e respondeu que não sabia como poderia expressar a sua alegria.

— Espero que me dê o prazer de jantar comigo hoje — continuou a princesa. — E, para melhor celebrar a nossa amizade, gostaria de provar do excelente vinho africano, cuja fama chega ao meu país.

— Princesa — respondeu o mágico —, sinto-me honrado com o seu convite e o aceito com a maior satisfação. Se me der licença, vou buscar o vinho que deseja. Tenho algumas garrafas de sete anos na minha adega.

— Não poderia mandar alguém?

— Infelizmente, eu mesmo tenho que ir, pois ninguém sabe onde está a chave.

— Então vá, mas não demore. Estarei aqui impaciente para revê-lo. Enquanto isso, mandarei pôr a mesa. O jantar será servido aqui mesmo. Assim estaremos mais à vontade e poderemos conversar sossegadamente.

Radiante de alegria, o mágico correu em busca do vinho. Quando voltou com as duas garrafas, a princesa tinha tudo preparado. Sentaram-se ambos à mesa e, enquanto traziam os pratos, Badrulbudur disse:

— Se desejar ouvir música e canções, darei ordens para isso. Quanto a mim, preferiria apenas conversar. O que acha?

O mágico concordou plenamente, considerando aquilo mais uma prova de que conquistara as graças da princesa.

Aberta a primeira garrafa de vinho, a princesa provou e comentou:

— Meus patrícios tinham razão quando elogiavam o vinho da África. Nunca bebi outro tão delicioso.

— Encantadora princesa — respondeu o mágico —, meu vinho tem ainda melhor gosto com a sua aprovação.

— Bebamos à nossa saúde — disse a princesa, erguendo a taça.

Continuaram a comer e a beber. Finalmente, a princesa trocou olhar significativo com a escrava que servia o vinho. Esta, enquanto Badrulbudur distraía o convidado com perguntas, e aproveitando o vaivém das outras escravas que serviam a mesa, efetuou rapidamente a troca das taças. Em seguida, encheu novamente tanto a da princesa como a do mágico.

Segurando a sua taça, disse a princesa:

— Não sei qual o costume na sua terra, mas na minha, nessas ocasiões, o homem e a mulher trocam as taças na hora do brinde. Aceita?

Ao mesmo tempo, apresentou-lhe a taça que segurava, enquanto estendia a outra mão para receber a dele. O mágico não teve mais dúvidas de que conquistara realmente o coração da princesa e, muito envaidecido, efetuou a troca.

— Princesa — disse —, vejo que nós, africanos, temos muito o que aprender sobre a sua terra quanto à arte do amor e dos prazeres. Não poderia haver melhor símbolo de simpatia recíproca. Ao beber da sua taça, sinto que para mim começa uma nova vida.

A princesa apenas sorriu e ergueu a taça aos lábios, para que ele a imitasse. Sem tirar dela o olhar, o mágico levou a taça à boca e tomou alguns goles. No mesmo instante esbugalhou os olhos e, deixando cair a taça, levou a mão à garganta, como se estivesse sufocando. Em seguida, a princesa, que continuava com a taça apenas próxima dos lábios, o viu tombar para o lado e imobilizar-se no chão. Estava morto.

O retorno

Antes mesmo que a princesa ordenasse, as aias correram alegremente para abrir a porta secreta. Aladim entrou e subiu ao salão da torre. Viu o mágico africano imóvel no chão e disse:

— Princesa, agora deixe-me sozinho. Tomarei as providências para voltarmos imediatamente ao nosso país.

A princesa obedeceu e retirou-se para os seus aposentos com todas as aias. Ficando a sós, Aladim foi até o cadáver do mágico, tirou das suas vestes a lâmpada maravilhosa e esfregou-a. Imediatamente o gênio se apresentou diante dele com as palavras habituais.

— Gênio, quero que faça transportar este palácio para o mesmo lugar onde o construiu.

— Vossa ordem será cumprida sem demora, senhor — respondeu o gênio, desaparecendo.

De fato, logo após realizou-se a longa viagem, sentida apenas por duas leves sacudidelas: uma quando foi levantado do lugar em que se achava, na África, e outra quando foi posto novamente defronte ao palácio do sultão.

Aladim desceu ao encontro da princesa e disse:

— Pronto, princesa. O nosso sofrimento terminou. Estamos de novo em casa, sem nenhum mágico africano para perturbar a nossa felicidade. Seu pai vai morrer de alegria amanhã de manhã quando olhar pela janela e vir de novo o nosso palácio.

Sem outra coisa mais para se preocupar, Aladim tratou de readquirir a aparência antiga. Tomou um demorado banho, aparou a barba e vestiu roupa limpa. Como tivesse fome, a princesa mandou trazer-lhe excelente ceia, finda a qual os dois se recolheram.

Desde o desaparecimento da sua filha, o sultão vivia inconsolável. Decretara luto em toda a cidade e não dera mais audiências. Várias vezes por dia olhava pela janela do gabinete, contemplando o lugar vazio em frente ao seu palácio.

À noite, quase não dormia. E, mal chegava a manhã, levantava-se e ia até a janela do gabinete, onde permanecia longo tempo olhando para o terreno vazio. Todos na corte já temiam que a amargura pela perda da filha acabasse levando-o à loucura.

Naquela manhã, como de costume, lançou um olhar triste em direção ao lugar onde devia estar o palácio de Aladim. Julgou então que era iludido por uma miragem. Mas, na praça, ouviam-se gritos de surpresa dos primeiros habitantes da cidade que saíam às ruas:

— O palácio de Aladim! A princesa voltou!

O sultão não teve mais dúvida de que aquilo que via era verdade. E quase ficou louco de alegria. Assim mesmo como estava, com o roupão de dormir, precipitou-se pelas escadarias e atravessou correndo a distância entre os dois palácios.

Aladim, prevendo que o sogro esqueceria todos os protocolos, levantara-se ao nascer do dia e fora para o salão das 24 janelas esperar a hora em que ele aparecesse. Quando o viu cruzar a praça, mal teve tempo de descer para recebê-lo à porta do palácio.

— Onde está minha filha? — foi logo perguntando o sultão.

Aladim, que não esperava ser recebido com muita gentileza, conduziu-o em silêncio aos aposentos da princesa. Pai e filha abraçaram-se chorando de alegria.

— Minha filha, que felicidade revê-la! Sofreu muito? Até que enfim voltou!

— Sim, meu pai, voltei. Graças a Aladim, que me salvou.

— Aladim a salvou? — perguntou o sultão espantado. — Conte-me o que aconteceu.

Sentaram-se os dois no divã e Badrulbudur contou ao pai a história de seu rapto. O sultão, enquanto a ouvia, lançava maldições contra o africano. Quando acabou de descrever de que maneira se haviam livrado do mágico, a princesa deixou que Aladim concluísse a narrativa.

— Resta pouco a dizer, senhor — disse Aladim. — Uma vez sozinho, apoderei-me novamente da lâmpada e dela me servi imediatamente para trazer de volta o palácio e todos nós. Se quiserdes dar-vos ao trabalho de subir ao salão, vereis com vossos próprios olhos o mágico castigado como merecia.

O sultão acompanhou-o e, chegando ao salão, viu o cadáver do africano, de rosto lívido e crispado pela violência do veneno. Então, abraçou Aladim, dizendo-lhe:

— Meu filho, perdoe o procedimento que tive com você. Foi o amor paternal que me fez cometer alguns excessos. Você compreende, não?

— Senhor — respondeu Aladim —, esqueçamos tudo o que aconteceu. Este mágico infame foi o único culpado da nossa desgraça. Em ocasião oportuna, eu vos contarei outra maldade não menor do que esta que ele me fez no passado.

— Não nos faltará tempo. Mas agora tratemos de festejar a volta da princesa. E mande tirar de tão belo salão esse odioso cadáver.

Quando o sultão ia se retirando, Aladim disse:

— Um instante ainda, senhor.

Tirou do peito a lâmpada maravilhosa e exibiu-a para o monarca.

— Eis aqui, nesta simples lâmpada, o segredo das maravilhas que realizei para ter condições de aspirar à mão da princesa e, depois de obter o vosso consentimento, dar-lhe um palácio digno dela. Caso julgueis que procedi incorretamente, estou pronto a aceitar o castigo que me sentenciardes.

— Não, meu caro genro. Não o castigarei. Com a ajuda da lâmpada, você só praticou boas ações até hoje. E sem a ajuda dela, faz a felicidade da minha filha. Se conquistou a princesa por artifício, acabou por merecê-la. Apenas recomendo uma coisa: cuide de que não roubem a sua lâmpada outra vez.

Aladim sorriu e sentiu-se ainda mais feliz. Aquelas palavras vinham tirar-lhe um fardo da consciência, que era o de manter o sogro e a esposa ignorantes dos meios que utilizara para se tornar aquilo que era.

O júbilo foi geral na cidade pela volta da princesa e de Aladim. Em sinal de regozijo, o sultão decretou dez dias de festas em todo o reino.

Desde então, nada mais veio perturbar a felicidade de Aladim e Badrulbudur.

Algum tempo depois, morreu o sultão e, como não tivesse filho homem, Badrulbudur, na qualidade de herdeira, subiu ao trono, ao lado de Aladim. Juntos governaram durante muitos anos.

Sobre o adaptador

Carlos Heitor Cony nasceu no Rio de Janeiro em 1926. Estreou na literatura ganhando por duas vezes consecutivas o Prêmio Manuel Antônio de Almeida, com os romances *A verdade de cada dia* e *Tijolo de segurança*. Considerado um dos maiores expoentes do romance neorrelista brasileiro, Cony também se dedicou com sucesso a outros gêneros: da crônica aos ensaios, das adaptações de clássicos aos contos.

Cony trabalha na imprensa desde 1952, ano em que entrou no *Jornal do Brasil*. Mais tarde foi para o *Correio da Manhã*, do qual foi redator, cronista e editor. Atualmente é colunista da *Folha de S.Paulo* e comentarista da rádio CBN.

Ganhou em quatro ocasiões o Prêmio Jabuti na categoria Romance, duas vezes o Prêmio Livro do Ano da Câmara Brasileira do Livro e o Prêmio Nacional Nestlé de Literatura. Em 1998, foi condecorado pelo governo francês com a L'Ordre des Arts et des Lettres. Foi eleito para a Academia Brasileira de Letras em março de 2000.